저문 날의 어느 노부부 이야기

한 평 반의 행복

한 평 반의 행복
저문 날의 어느 노부부 이야기

초판 2쇄 발행일 | 2021년 3월 5일
초판 1쇄 발행일 | 2020년 12월 18일

지은이 | 유선진
펴낸이 | 이원중

펴낸곳 | 지성사 **출판등록일** | 1993년 12월 9일 등록번호 제10-916호
주소 | (03458) 서울시 은평구 진흥로 68 정안빌딩 2층(북측)
전화 | (02) 335-5494 **팩스** | (02) 335-5496
홈페이지 | www.jisungsa.co.kr 이메일 | jisungsa@hanmail.net

ISBN 978-89-7889-455-5 (03810)

잘못된 책은 바꾸어드립니다. 책값은 뒤표지에 있습니다.

이 도서의 국립중앙도서관 출판예정도서목록(CIP)은 서지정보유통지원시스템 홈페이지(http://seoji.nl.go.kr)와 국가자료공동목록시스템(http://www.nl.go.kr/kolisnet)에서 이용하실 수 있습니다. (CIP제어번호:CIP2020051970)

저문 날의 어느
노부부 이야기

한 평 반의 행복

유선진 산문집

지성사

작가의 말

2015년 여든다섯 살의 남편에게 병고(病苦)가 닥쳤습니다. 15년 넘게 파킨슨 증후군으로 치료받고 있긴 했으나 왕복 네 시간이 걸리는 경기도의 사무실을 오가며 운영하는 데 큰 어려움이 없었던 때입니다. 사무실을 도맡아 운영하던 직원의 실수로 집은 가압류되었고 손해배상 소송을 겪게 됩니다. 돈 한 푼에 목숨을 거는 양반에게는 청천벽력 같은 큰 액수입니다. 재판이 진행되는 동안 남편은 피폐해질 대로 피폐되어 쓰러졌고, 4개월 20일 동안 병상에 누워 지냅니다.

이 책에 수록된 글들은 입원 전후, 그리고 재가(在家) 환자로 오늘까지 지내는 만 5년 동안 우리 부부가 사는 이야기입니다. 노환의 남편과 사는 날은 그날이 그날입니다. 그 똑같은 날들을 써 내려가자니 자연히 중복되는 부분이 많고, 한 말을 또 하게 됩니다. 그래서 출간을 많이 망설였던 것이 사실입니다.

그래도 용기를 내어 글을 엮어 책으로 내놓습니다.

나에게는 한 가지 신조가 있습니다. 내 삶의 철학이라고 해도 좋습니다.

살아가면서 겪게 되는 독특한 체험은 그것이 실패든 성공이든 다른 이와 공유해야 한다는 생각입니다. 내가 먼저 겪은 일들이 나보다 나중에 겪게 되는 이들에게 좋은 경험담이고 길잡이가 된다는 신념이지요.

조금 거창하게 표현하면 '내가 사는 삶이 누군가에게는 약(藥)이 된다. 누군가에게 약이 되려고 내가 지금 이렇게 살고 있는 거다'라고 말입니다. 그래서 나는 내 삶을 아슬아슬할 정도로 내보입니다.

돌이켜보면 내 인생 85년은 한결같이 평범합니다. 국민소득 200불 시대에 시작한 신혼 때나 3만 불 시대인 지금의 회혼(回婚) 무렵에 이르기까지 지루할 정도로 똑같습니다. 한번도 부유하지 않았고, 한번도 가난하지 않았습니다. 행복하지도 않았고 불행하지도 않았습니다. 아마도 80세에 남편의 병고라는 쓰나미를 만나지 않았다면 여전히 행복하지도 불행하지도 않은 삶을 살면서 감사보다는 불평이 더 많은 날들을 보냈을 겁니다.

이 책은 갈등과 불만의 대상이었던 남편, 이제는 늙고 병들어 무력하고 초라해진 남편과 세상에 둘도 없이 고약한 아내였던 내가 결혼 생활 53년 만에 어떻게 완전 일체의 부부가 되어 사는지, 부끄러운 고백성사가 되겠습니다.

지금 우리는 고령사회에 와 있습니다. 오래 살다 보면 대부분 병고(病苦)에 시달립니다. 부부 중 조금 덜 아픈 쪽이 병든 배우자를 수발하게 됩니다. 아픈 이와 살고 있는 나의 이야기가 혹시 같은 처지에 있는 노부부들에게 조금이나마 도움이 된다면 기쁨이 되겠습니다.

도서출판 지성사 이원중 대표님이 흔쾌히 출간을 결정하게 된 것도 이와 같지 않을까 생각해봅니다. 진심으로 감사드립니다.

저희 가족들에게도 감사의 말을 전하고 싶습니다. 지루하고 답답하고 괴로운 병상에서 묵묵히 견뎌주는 노부(老夫)가 고맙습니다. 그리고 함께 힘을 합해주는 가족들이 고맙습니다. 어려울 때 빛을 발하는 가족의 힘. 가정, 식구, 이 두 단어는 어떤 역경도 이겨내게 해주는 원동력임을 알고 감동합니다.

그러나 누구보다도 먼저 내가 믿고 의지하고 사랑하는 나의 신께 감사를 드립니다. 나의 삶을 주관하시고 선하게 이끄시는 하나님, 감사합니다.

유 선 진

| 차례 |

4부/ 다정이 병이 되어

1부

그이의 인생

_남편의 마음으로 아내가 쓴 이야기

아빠가 뿔났다

부엌에서 아내가 그릇을 씻는 달그락 소리가 난다. 시계를 보니 6시. 저녁밥을 지으려는가 보다. 퇴직하고 들어앉은 후, 내가 제일 좋아하는 소리가 부엌에서 들리는 소리다. 수돗물 콸콸 틀어놓고 채소를 씻는 소리도 좋고 칼질하는 도마 소리도 좋다. 그래서 부엌에서 식사 준비하는 기색이 보이면 나는 슬그머니 식탁에 나와 앉는다.

전화벨이 울린다. 십중팔구는 아내에게 오는 거겠지만, 가까이에 있는 내가 받는다. "여보세요……." 큰녀석이다. 제 어미를 찾는다. 엄마가 밥을 하고 있는 중이니까 내게 말하라고 하니 그래도 엄마를 바꾸란다.

큰아들에게서 전화가 왔다는 말에, 아내의 몸에서 쌩쌩 기운이 넘친다.

큰애라면 껌뻑 죽는 사람이라 그러려니 하지만, 쪼끔 감정이 삐딱 선을 탄다.

"그래? 호호……. 알았어. 밥하기 귀찮은데, 잘되었네~." 톤이 올라간다.

"여보, 빨리빨리 서두르세요. 큰애가 전철역에 와 있대요. 십 분 안에 나오시래요."

집에서 지하철로 가는 중간에 논골집이 있다. 갈비를 사준다는 것이다.

"나는 이대로 나가도 되니 먼저 갑니다요. 당신도 대충 입고 빨리 오슈!!"

아내가 횡하니 현관문을 열고 나간다.

슬슬 부아가 인다. 못된 녀석. 그 정도 말을 하려고 굳이 지 어미를 바꾸래? 애비한테 말하면 안 돼? 이번만이 아냐. 전화를 해서 지 어미가 없으면 "나중에 또 할게요" 하면서 금방 끊기 일쑤다. 아니, 아들이 조금 기다릴 수도 있지. 혼비백산해서 뛰어가는 마누라는 또 뭐람. 영 심기가 편하지 않다.

갈비도 먹었고, 냉면도 먹었다.

“여보옹, 울 아들 효자죠? 이런 아들 누가 낳았지? 나 아니었음 누가 당신에게 갈비 사주나?” 아내는 연신 헤헤거리며 농을 한다. 생전 고기 구경 처음 하는 사람처럼 “맛있다, 맛있다” 한다. 누가 모르리. 아들이 사주는 것, 소태라도 꿀인 것을……. 나는 대꾸를 하지 않았다.

왠지 심통이 났다. 나는 콩나물국이라도 아내가 끓여주는 것이 좋다.

밥상을 받을 때면 아내의 사랑을 받고 있는 느낌이다. 나를 위해서 해주는 밥.

그래서 외식을 싫어하는 것인데, 아내는 툴툴거린다.

눈치가 9단인 아내다.

“잘 잡숫고 와서 왜 기분이 언짢으신댜?”

“큰녀석 말이야. 아니 큰애만 그런 게 아냐. 애들 말이야…….”

나는 그동안 말 못 하고 쌓여 있던 유감을 털어놓는다. 전화를 걸면 내게는 인사만 하고 엄마하고만 말을 한다는 둥, 저녁 잡수러 나오라는 말은 나에게 해도 되는 것을 왜 엄마를 바꾸라고 하냐는 둥. 막내 녀석도 어제 전화가 왔기에 엄마 없다고 했더니 “나중에 다시 걸게요” 했다는 둥…….

"그러게 애들 어렸을 때 좀 살갑게 굴지 그랬어요?"

마누라쟁이는 한 술 더 뜬다. 애들 어렸을 때? 그때 나는 젊은 가장(家長)이었다.

박봉의 월급쟁이였고 가족 부양에 휴일도 없었다. 유능하지 못한 가장이 해야 할 일은 직장이 끝나도 다른 일거리가 있을까 하고 여기저기 찾아다니는 일이었다. 통행금지 시간 안에 귀가한 적이 없다.

남들이 피하는 오지의 출장도 도맡았다. 기차표 이등석의 출장비를 받으면 삼등석에서 서서 갔다. 그러면서도 아내에게 생활비를 조금 더 줄 수 있다는 기쁨에 힘든지도 몰랐다. 그렇게 50년 가까이 지내다 보니, 놀 줄도 모르고, 살가운 것이 무언지도 모르고, 자식들하고 속말 한번 못 해보고, 팔십 노인이 되어 버렸다.

"살갑게 굴지 그랬냐고?" 야속해서 눈물이 다 나오려고 한다.

연속극 〈엄마가 뿔났다〉가 생각난다. 그 여자는 40년 동안 잃어버린 자기를 찾아 자기만을 위해 살아본다고 집을 나갔다. 온 천하의 여자들에게 박수갈채를 받았다.

아버지들은 자기를 잃지 않으면서 살았을까? 싸우면서, 피멍 들면서, 허리 어깨 휘면서, 비교되면서, 무능하다면서 또 그러면서도 가족 사이에 소외되는 존재로 산 것이다. 한바탕 푸념을 해대니 아내는 미안해하기는커녕 배시시 웃는다. 그러더니 큰 소리로 말한다.

"와, 당신 뻘났구나. 아빠가 뻘났다!!!"

어떤 월급날

1

결혼 이후 18년 동안 나는 한 직장에 다녔다. 보너스 말고 월급봉투만 220회 받은 셈이다. 월급날은 매월 21일. 나는 월급봉투를 먼저 개봉한 적이 없다. 봉투 겉면의 명세서도 훑어보지 않았다. 안쪽 호주머니에 꽉 넣고 대문을 열어주는 아내의 손에 쥐어주었다. 아내는 "애썼다" 그 한마디뿐, 그녀도 내가 보는 앞에서 봉투를 열어보지도 명세서를 확인하지도 않았다. 옷장 문을 열고 맨 위 서랍에 봉투를 간수했다.

나는 박봉의 월급쟁이. 신혼여행에서 돌아온 날 아내가 말했다.

월급쟁이가 지켜야 할 철칙으로 첫째, 어떤 경우에도 '가불'은 안 된다는 것이다. 우리는 부모님이나 형제를 부양해야 할 책임이 양가 모두에 없는 처지이니 수입에 넘는 지출은 이유 여하를 막론하고 금기라는 것이다.

신혼여행에서 돌아오니 쌀 두 말과 연탄 100장을 어머니가 들여놓으셨다. 직장생활 5년 차의 총각이었던 나는 5년 동안 꼬박꼬박 어머니에게 월급봉투를 드렸었다. 그런데 고작 쌀 두 말과 연탄 100장이라니! 섭섭해지려는 내게 아내가 말했다.

"집 장만해주신 것은 생각 안 해요?"

아내는 자기 계획을 말했다. 우선 가불을 금하자는 것과 거기에 덧붙여 적어도 월급 석 달 치는 헐지 않겠다는 것이다. 월급쟁이가 월급 석 달만 밀려놓으면 그것으로 종잣돈 삼는다는 글을 읽은 적이 있다는 것이다.

"손가락을 빨고 사나?" 퉁명스러운 나의 말에 아내가 이렇게 말했다.

"왜 손가락을 빨아요? 쌀이 두 말이나 있는데. 그리고 장독대에 가보니 친정에서 간장에 된장, 고추장 그리고 장아찌 같은 것을 다 구색 맞추어 놓았던데요? 신혼여행에서 남긴 돈도 있구요."

내가 살림을 난 동네는 종로구 충신동. 나의 본가는 동숭동이다. 걸어서 15분 거리다.

"퇴근은 무조건 동숭동으로 하세요. 나는 미리 가서 저녁 준비를 돕고 있을 거니까요." 아내가 말했다.

맏아들이 결혼하여 분가한 후이니 부모님이 무척 서운해하실 거라는 것이다. 거기다 식구가 일곱 명이다. 나이 많은 도우미 아주머니로서는 규모가 큰 살림이다. 저녁마다 딴 살림난 새 며느리가 저녁상을 차리고 밥을 같이 드는 일이 효도라는 것이다.

신혼여행에서 돌아온 날이 4월 5일. 월급날인 4월 21일까지는 보름이 남았다. 보름 동안 나는 매번 부모님 댁으로 퇴근했고, 아내는 집으로 돌아오면서 다음날 아침 반찬 담아오는 것을 빼놓지 않아서 거짓말같이 한 푼도 쓰지 않고 새 달을 맞이했다. 이제 4월 21일에 받은 월급봉투를 열지 않고 5월 21일까지 살아가야 할 숙제가 남겨졌다.

2

나의 어머니는 1907년생이시다. 지금으로부터 111년 전, 남존여비 시대에 고등교육을 받으신 분이다. 영광군수를 40년 하신 원님의 다섯째 따님이셨다. 아버지는 약관 28세에 대학에서 학생을 가르치던 젊은 학자였는데 부친을 일찍 여의고 형님 슬하에 계셨다.

이 두 분이 연이 닿아 결혼하셨는데, 어머니는 지참금으로 가져오신 돈으로 충신동 43번지의 72평 대지를 사셨다. 그 터에 초가집 일곱 채가 있었고, 어머니는 거기서 나오는 집세로 일곱 자녀의 교육비와 살림을 꾸리셨다. 어머니는 여장부이셨다.

"당신네 아홉 식구 중에서 어머니 인물이 으뜸이네~."

결혼 초에 아내가 이런 말을 했던 기억이 난다.

장남인 내가 서른 살이 되자, 어머니는 구석에 있는 집 한 채만 남겨놓고 모두 허셨다. 땅을 반으로 갈라 담을 쌓고 22평짜리 붉은 벽돌집을 지으셨다. 나머지 터에는 둘째 몫의 집을 지으려는 계산이었다.

내가 혼인하여 충신동 집으로 들어갔을 때, 하나 남은 판잣집에 국민학교 다니는 딸이 있었다. 어느 날 아내의 관심이 그 아이에게 꽂혔다.

"너, 몇 학년이니?" 아내가 물었고, "6학년이에요". 아이가 대답했다. "중학교에 가겠구나? 과외공부는 안 하니?" "하고는 싶지만…… 못 해요." 형편이 안 되어 못 한다는 얼굴이었다.

"그러면 이렇게 하면 어떨까? 네가 친구들을 모아오면 너는 거저 배우는 것…….” 아내가 꼬드겼다.

“정말요!!?”

다섯 아이가 모였다. 우리 집 방 하나가 과외 방이 된 것이다. 시작한 지 일주일이 못 되어 아이들이 열세 명으로 늘었다.

아내는 더 이상 나를 본가로 퇴근하게 하지 않았고, 5월 21일 월급날까지 4월 봉투를 뜯지 않았다.

이렇게 해서 당초 아내의 계획 ‘석 달 월급 저축하기’는 소기의 목적을 향해 순항하는 듯했다. 그러나 아내의 과외선생 노릇은 두 달도 못 되어 끝이 났다. 아기를 갖게 된 것이다. 장모님의 입덧은 유별났다고 한다. 일제시대에는 낙태를 중벌로 다스렸다는데 산모의 건강이 사경에 이르러 4개월의 아기를 의사의 권유로 유산했을 정도였다.

모전여전. 나는 겁이 났고, 아내가 주도적으로 발의하고 시행한 ‘월급봉투 석 달 치 뜯지 않는’ 그 일을 온전히 내가 담당하겠다고, 물마저 토하고, 토하는 아내에게 약속했다.

3

신혼의 아내가 진지한 얼굴로 “의논 좀 합시다요. 우리가 살아갈 일……" 말했을 때 나는 사실 겁이 났다. 나는 두뇌가 우수한 사람도 아니고, 그렇다고 특기가 있는 것도 아니다. 맞선을 보고 두 달 만에 약혼하고 두 달 후에 결혼했으니, 겉으로 보이는 조건이 전부. 나를 알 턱이 없는 아내였다.

"미국으로 떠납시다. 거기 대학에서 새롭게 공부를 해서 학위를 받고 교수에 도전해봅시다"라든지 "선진국의 앞서 나가는 회사에 취직하여, 여기서 배우지 못하는 발전된 기술을 익혀 독보적인 건축가가 됩시다"라든지 내 능력 이상의 것을 아내가 제안할까 봐 걱정이 되었던 것이다.

그런데 고작 "가불하지 맙시다. 석 달 치 월급은 밀려놓고 삽시다"였으니 나는 안도의 미소를 지었다. 불감청(不敢請)이언정 고소원(固所願). 어찌 흔쾌히 동의하지 않을 수 있으리오. 내가 제일 잘하는 것. 특기라고까지 말할 수 있는 것이 '안 쓰고 아끼는' 것이었으니 말이다.

언제부터 '안 쓰고 안 버리는' 것이 내 습성이 되었을까? 아마도 유년 시절과 무관하지 않을 것이다. 나는 어린 시절 무척이나 산만하고, 수선스러웠던 모양이다. 그래서 아버지의 집중적인 꾸지람을 듣고 자랐다. 어머니는 그런 나를 늘 감싸주었다. 어머니는 참으로 알뜰하신 분이다. 버리는 것이 없으셨다. 나는 어머니의 마음에 들고 싶었다. 어쩌다가 생긴 동전 한 푼도 쓰지 않고, 꼬박꼬박 모아두었다가 어머니께 드렸다. "우리 큰아들, 착하기도 하지." 어머니는 신통해하면서 칭찬하셨다. 나는 그 칭찬이 좋았다.

석 달간 월급봉투를 헐지 않고 지내기로 작정하고, 첫 달은 신혼여행에서 남긴 돈과 본가에서 먹는 것을 해결하면서 목적을 달성했고, 둘째 달은 아내가 과외선생을 하여 소기의 뜻을 이루었다. 바야흐로 석 달째의 책임이 내게 주어졌다.

나의 직장은 은행이었다. 당시에는 은행 보수가 다른 직장보다 높은 편이었다. 은행이라면 금융이 주 업무이고 상경대 출신이 주요 부서를 관장한다. 기술직은 곁가지에 불과하다. 간단하게 말하면 건물의 수리공이 이에 해당된다고 할까? 그러나 없어서는 안 될 부서이다.

내가 다니던 직장은 전국에서 지점이 제일 많은 규모에 반관반민(半官半民)의 국영기업체였다. 때는 1962년, 아직도 전후의 상흔이 곳곳에 남아 있었다. 본점은 물론, 각 지점의 복구가 산적해 있었다. 기술실의 기술자들은 현장으로 급파되는 일이 잦았다.

나는 오지 출장을 자청했다. 이때 별도의 출장비가 책정된다. 오지가 아닌 대도시 출장도 좌석표 대신 입석으로 서서 가며 그 차액을 아내에게 주었다. 월급봉투를 뜯지 않아도 된다는 기쁨에 힘든지도 몰랐다.

그 당시에는 6시면 퇴근이다. 연장근무일 때는 야근 수당이 나온다. 야근이 없는 날은 선배나 후배 사무실에 들른다. 일거리가 있기 마련이다. 귀찮아서 미뤄놓은 일들이다. 그 일은 내 몫이다. 통행금지가 있던 시절, 나의 귀가 시간은 "뚜" 하고 울리는 통금 사이렌 소리와 함께였다.

나는 석 달 치 월급봉투가 아니라 그보다 몇 배의 월급봉투를 열지 않고 생활할 수 있도록 아내와의 약속을 지켰다.

4

일 년에 네 번. 설날, 추석날, 부모님 생신 날, 이렇게 네 번밖에 친정에 가지 않을 정도로 집에만 묶여 있는 여자. 예쁜 치장으로 살림을 가꾸지 못하고, 생활필수품 이외에는 모두 낭비라고 생각하는 남자와 사는 여인. 외식이라고는 일 년에 한 번 할까 말까이고, 타의든 자의든 극장 구경은 한 번도 하지 않은 여자. 문화생활이라고는 전무. 밥하고 빨래하고 아이 기르는 일이 전부인 여자. 고등학교 동창도, 대학교 친구와도 만나지 않고 오로지 걸어서 15분 거리에 있는 시어머니가 유일한 동무인 여자.

이런 여자를 행복한 여인이라고 생각하는 사람은 아마도 세상에 없을 것이다. 그런데 그 시절, 월급봉투를 뜯지 않고도 살 수 있는 길에 전념하느라고 아버지 부재(不在), 남편 부재(不在)의 건강(?)하지 못한 가정의 주부인 아내가 그리 불행한 여인이었다고 나는 생각하지 않는다. 아니, 아내는 행복한 나날을 보내는 여인이었다.

아내를 행복하게 하는 두 가지 요소가 있었다. 아들과 책이다.

아내가 아홉 살이었을 때, 열 살 위의 언니가 세상을 떠났고, 열두 살 때 바로 위 열여섯 살의 언니가 또 떠났다. 두 딸을 연거푸 잃은 젊은 엄마는 시력을 잃고 치아가 몽땅 빠지는 극심한 비통에서 헤어나지 못했다. 감수성이 예민한 소녀는 그런 어머니의 망극을 지켜보며 자식이란 절대로 죽어서는 안 되는 존재라는 것을 가슴에 새겼다.

이런 트라우마와 함께 성장하여 결혼을 하고 그 자신이 엄마가 되었으니 아내의 '엄마의 길'은 바로 구도의 길이었다. 아이들을 먹이고, 돌보는 일이 '신앙'이 되었다. 본인만 모를 뿐, 누구의 눈에도 지나쳐 보였다.

친정에 네 번밖에 가지 않은 일이나, 영화 관람을 하지 않는 일이나, 친구들을 만나지 않는 일이나 그 모두가 아이들 곁을 떠나지 못하는 자기 자신에게 있었다. 자식을 향한 일종의 불안증이다.

이런 불안이 엄마로서의 역기능이었다면 그 역기능을 능가하는 순기능을 아내는 모성에 접목했다. 그 순기능의 큰 명제는 '행복한 엄마 밑에 행복한 자식 있다'로 귀결된다. 아내에게 자식이란 '살아 있어주는' 것으로 그 소임과 책임을 다하는 존재였다.

아내는 자식에 대한 부모로서의 '욕심의 눈'을 제일 먼저 던져버렸다. 자식에게서 욕심의 눈을 버리면 모든 자식은 사랑스러운 법이다. 아내는 자식들이 똑똑하고 잘난 이로 성장하기보다 행복할 줄 아는 어른이 되기를 바랐다. 그래서 아내는 자신부터 정말 행복한 엄마가 되기로 작정했다. 아내가 아이들에게 가장 많이 했던 말들은 "좋다" "기쁘다" "괜찮아" "미안해" "사랑해" "행복해"였다.

아이들과 지내는 아내의 나날은 행복이 양산되었고, 아이들의 웃음소리로 집 안은 활기찼다. 아내는 행복했다.

나는 누구도 행복하게 해줄 재간이 없는 사람이다. 나 자신이 행복해할 줄 모른다. 나의 눌변은 내 열등감의 근본이었고, 사회성의 부족은 내성적인 성격으로 형성되었다. 나는 열두 번 죽었다가 깨어나도 아내를 행복하게 해줄 수 있는 남편이 못 된다.

아이들이 아내를 행복하게 해주는 모습을 옆에서 보면서 나는 아이들이 너무 고마웠고, 이 행복한 모자(母子)에게 월급봉투를 저축하게 하는 소임만이 내 몫이라고 생각했다.

또 하나 아내를 행복하게 하는 것은 소설이다.

아내는 열 살 때부터 소설을 읽어대던 조숙한 소녀였다. 눈을 버리면서까지 소설을 파고들었다.

결혼 이후, 나는 직장 도서실의 장서(소설) 목록을 파악하고 퇴근길에 잊지 않고 소설을 빌려왔다. 『대망』 20권이 새로 출간되었을 때인데 아내가 20일 동안 300쪽 책 스무 권을 완파하는 것이 아닌가. 소설 삼매경에 빠진 아내의 행복한 모습은 내가 어떤 재주로도, 값으로도 그녀에게 줄 수 없는 즐거움이었다. 나는 책이 고마웠다.

비록 아버지 부재, 남편 부재의 우리 가정이었지만, 비록 살림살이는 초라하고 문화와는 거리가 먼 우리 생활이었지만,

나는 감히 말하고 싶다. 강북의 낙산 밑, 22평 비좁은 집에서 살았던 우리들의 충신동 시절 23년은 행복했다고……. 월급봉투를 헐지 않고 저축했던 돈으로 바로 아래 동생의 몫으로 남겨둔 36평의 대지를 어머니에게서 사들여, 넓어진 마당에서 강아지처럼 엉켜 뒹굴며 아이들이 뛰놀던 행복한 시절이었다고…….

5

1980년, 나는 드디어 월급생활에 종지부를 찍었다. 직장에 다닌 지 19년째 되는 해이다. 금융기관이란 상경대 출신의 터전이다. 기술직은 주류에 들지 못하는 마이너 신세다. 승진의 연조가 차더라도 직제상 올라갈 수 있는 자리가 없다. 비전이 없는 것이다. 그래서 그 바닥에서 승부를 걸려고 다시 상과대학으로 학사 편입하는 공대 출신들도 있었다. 나는 원래 인문사회 쪽으로는 전혀 소양이 없는 사람이라 그나마 기술자로 살아야 했다.

당시는 정년이 56세. 나는 작더라도 내 사무실을 열기로 했다.

마침 선배 한 분이 강북구 수유동에서 건축사 사무소를 운영하셨는데 사정이 있어서 문을 닫으려고 하니 인수할 의향이 있느냐는 타진이 들어왔다. 이 말을 들은 아내는 어차피 몇 년 후에 직장을 나올 형편이라면 한 살이라도 적을 때 일을 시작해보자고 동의했다. 퇴직금으로 사무실을 열었다. 상호만 바꿨다. 그분이 놓고 가는 집기들은 그대로 썼다.

내 운영 방침은 최소 경비 지출이다.

아무리 규모가 작아도 사업이고, 사업을 하려면 투자를 해야 하는데, 나는 수입을 단념할지언정 투자는 하지 않았다. 그냥 배워서 익힌 기술 그리고 정직, 성실, 친절 등 금전 지출이 아닌 것으로 승부를 걸었다.

나는 태생이 사업과는 거리가 먼 사람이다. 크게 바라지도 않았다. 사무실 임대료, 직원들 월급을 제하고 내 몫으로는 퇴직 직전의 월급 두 달 치로 족하다는 것이 수입의 청사진이었다.

수유리는 지방에서 서울로 유입한 사람들이 많은 곳이다. 변두리이고, 땅 값이 상대적으로 낮았다. 그들은 열심히 일을 하여 근근이 돈을 모으면 주거 안정을 먼저 시도한다. 뿌리를 내리기 위함이다.

대부분 오래되고 낡은 집을 사서 헐거나 작은 평수의 땅을 사서 집을 짓고 싶어 한다. 대지 30평 미만이 많다. 집 구조는 되도록 방을 많이 빼는 것이다. 세를 놓아 건축비를 충당할 수 있기 때문이다. 사무실을 열고 보니 우리 사무실을 찾아오는 고객들의 사정이 이러했다.

나는 아무리 작은 평수의 대지를 들고 오는 의뢰인이라도 털끝만큼도 소홀히 하지 않았다. 그것은 그들의 전 재산이고, 너무도 소중한 것이고, 희망이기 때문이다. 그중에는 절대로 건물이 나올 수 없는 땅도 있었다. 진입로도 없는 비탈길 옆이기도 했다.

나는 의뢰가 들어오면 수십 번 현장을 찾아간다. 어떻게 하면 이분들에게 흡족한 집을 지어드릴까? 뽑아낼 수 있는 최대의 평수를 고민하고, 외양에 치중하지 않고 값에 비해 견고한 자재를 설계에 넣었다. 나는 설계를 의탁받아 설계비를 받는 사무소 측이면서 완전히 고객 편이 되어 고민하고 고민했다.

때로는 강북구가 아닌 종로구나 중구에서 의뢰인이 찾아오기도 했다. 잘생긴 대지에 높고 큰 건물을 올리려는 사람들이다. 나의 학벌과 몇 가지 면허증을 보고 내가 꽤 유능한 설계사인 줄 알고 찾아오는 것이다.

나는 그럴 때마다 정중히 사절했다. 내 능력이나 우리 사무실의 규모로는 감당하기 어려운 일이기 때문이다. 기술자를 더 고용해야 하고, 장비도 더 갖추어야 하고, 누군가와 합동으로 해야 되고……. 얼마의 수입은 되겠지만 수입만큼의 지출도 있기 마련이다. 직원들은 큰 사무소에 연결하여 소개비를 챙겨도 되는 것을 내가 너무 고지식하다고 한심해했다. 그러나 '내 힘에 맞는 작은 일을, 작게……'가 내 나름의 운영 철학이었다.

사무실을 개설한 이래, 내 몫은 처음 목표한 대로 언제나 두 달 치 이상이 되었다. 하지만 수입과 상관없이 우리 집 살림살이는 직장 다닐 때의 '한 달 월급'을 넘기지 않는 똑같은 수준이었다. 아내가 아끼지 않는 것은 오로지 식비, 그리고 자식에게 들어가는 돈뿐이었다.

1984년 8월, 우리는 23년 충신동 시절을 마무리하고 강남구민이 되었다. 가장부재(家長不在)의 23년 가정생활이, 문화와 예술 없이 오직 생존만 있었던 23년이 선물한, 대지는 두 배, 건물은 네 배 크기의 집이었다.

얻은 걸까? 잃은 걸까? 얻은 것이 분명한데 나는 왜 잃은 것만 같을까? 이사 온 날, 정원에 서서 이 '얻음'을 위해 23년 동안 우리가 잃었을 것만 같은 '잃음'을 생각하느라 내 시선은 허공을 헤매었다.

6

설계사무소를 개설한 지 20년이 되는 해이다.

나는 시작할 때부터 내 수입을 '월급 두 달 치'로 정했고, 아무리 돈이 될 것 같은 일도 내 돈이 먼저 들어가는 것은 피했고, 사무실 규모를 키우지 않고 무리하지 않았기 때문에 현상유지를 하며 지낼 수 있었다.

그런데 1998년에 접어들면서 체감 경기가 싸늘해지더니 그 이듬해에 속속 임시휴업을 신청하는 사무소가 생기기 시작했다. 대개는 무리한 사업 확장으로 대출을 받은 소장들이었다. 금리가 하루가 다르게 올랐고, 일감은 끊어졌다. 높은 봉급으로 영입한 기술자들의 임금 또한 감당하기 어려웠다. 이른바 IMF라 불리는 금융 위기가 소규모 건축시장까지 덮친 것이다.

지출이 수입보다 많아보기는 처음이었다. 위기감이 느껴졌다.

처음부터 사업을 하기에 가당치 않은 나는 역시 소극적인 방법으로 대처하지 않을 수 없었다. 직원들을 서서히 정리하는 일이었다. 아내가 빈 자리를 대신하여 출근했다. 내가 밖에서 일을 찾는 동안 사무실을 지키고 전화도 받았다. 직원들을 모두 정리한 뒤 두세 가지 주방용 가전제품을 가져와 사무실에서 둘이 밥을 지어 먹었다. 아내가 이런 글을 써서 자기 모교 홈페이지에 올린 것도 그 즈음이다.

둘이 있는 풍경

나는 요즘 사무실에 나가고 있습니다. 칠순이 넘은 소장인 남편과, 그의 아내인 내가 유일한 직원인 조그만 규모의 사무실입니다.
IMF 이후 가장 타격을 받은 업종이지만 젊은 사람들은 조금씩 불황의 늪에서 벗어나는데, 이곳 소장에게는 역부족입니다. 문을 닫는 것만이 적자를 면하는 최선의 방법이 됩니다. 그러나 그 말은 차마 못 하고 있습니다. 일이 있건 없건 정시에 출근하고, 정시에 퇴근하는 사람에게 그 말은 잔인하다는 생각이 들기 때문입니다.
그 대신 그에게 가장 좋은 친구가 되어주기로 작정했습니다. 일생을 통해 가장 초라한 시간을 보내고 있는 남편에게 가장 좋은 친구가 되어주는 일은 내게 있는 시간을 모두 그에게 주는 것이라고 생각했습니다. 그래서 아침이면 전철을 타고 같이 출근하고 사무실에서 같이 밥을 지어 먹으며 청소도 하고 전화도 받습니다.

생각해보면 나는 참 못된 아내입니다. 결혼한 이래 40년 가까이 아이들의 엄마로만 살았습니다. 아내라는 것을 잊어버리고 어미로서만 존재했던 아내. 그런 아내를 무던히 참아준 남편입니다.
사무실에서 그는 상사이고 나는 그가 고용한 직원이 됩니다. 나는 유능한 비서가 되어 때맞추어 알맞은 차를 끓입니다. 이런 일들에서 나는 못된 아내였던 빚을 조금씩 갚는 듯한 기쁨을 누립니다. 그러면 그의 초라한 이 무력의 시간들이 고마워집니다.

오늘은 토요일. 일이 없는 사무실에서도 토요일은 망중한의 여유가 있습니다. 커피를 진하게 끓여 마시며 라디오에서 들려주는 음악을 감상합니다. 화창한 날뿐만 아니라 구름 낀 날도 제법 지낼 만하다고 생각하면서 외근(?)을 하고 돌아올 소장을 기다리고 있습니다.

결혼한 이후 40여 년을 한 달도 거르지 않고 나는 아내에게 월급봉투를 주었다. 직장에 다녔을 때와 마찬가지로 21일은 사업이란 것을 하면서도 생활비를 건네는 날이 되었다.

21일. 적으면 미안해서, 많으면 당당하게 가장(家長)의 체면이 섰던 날. 이제 이런 날은 다시 오지 않을 것 같은 예감에 서글펐다.

"그래, 사무실을 접자. 임대료에 잡비라도 줄이자. 세금 고지서도 날아오지 않을 게 아닌가? 내 나이 77세, 놓을 때도 되었다."

마음을 정하고 나니 무거운 바위 덩어리 하나가 등에서 툭 떨어지는 느낌이 들었다. 그런데 돌이 떨어져 나간 그 자리가 가벼운 것이 아니라 허전하여 비틀거렸다. 그 짐은 나를 힘들게 한 것이 아니라 나를 버티게 해준 중심축이었던 것이다.

7

1962년 1월 말경이라고 기억한다. 그때 영화 〈벤허〉가 수입되었다. 와이드 스크린에 장장 세 시간이 넘는 상영시간으로 개봉 전부터 화제였다. 나는 어렵게 표를 구입하고, 맞선 후 몇 번 만났던 신붓감과 함께 상영관인 국도극장에 갔다. 1부 상영이 끝나고 휴식 시간이 있었다. 나는 매점에 가서 음료수와 케이크를 샀다. 그녀 앞에 내놓지 못하고 전전긍긍하자 나의 난처함을 알아차린 여자가 말을 했다. "먹으려고 산 거면 같이 먹어요."

그날 여자는 집으로 돌아가 아버지에게 말했다.

"아버지, 암만해도 안 되겠어요. 너무 말이 빈약해서 답답해요."

그러자 아버지는 이렇게 말씀하셨다고 한다.

"남자란 말이다. 말을 못하는 것이 장점일 수도 있다. 남자란 말이다. 자고로 '발'로 뛰고 '손'을 놀려서 가족을 끌고 갈 '놈'이라야 한다. 말이 아니다. 머리도 아니다."

빙장님의 말씀대로 나는 40여 년을 발로 뛰면서 현장을 누비고 살았다. 연필을 쥐고 도면을 그렸다. 내 발엔 굳은살이 박이고, 티눈이 떨어질 새가 없었다. 나는 모두가 거들떠보지 않는, 포기하는 것들을 찾아서 맡았으므로, 지금으로 말하면 이른바 3D 직종 종사자라 해도 좋다. 관절이 상하고 발목이 휘었다. 그러나 나는 괴롭지 않았다.

이렇게 지내던 내가 할일 없이 집에 들어앉았으니 감옥이 따로 없었다. 나에게는 친구가 없다. 취미도 없다. 평생 술 담배를 몰랐고, 한 푼을 생명처럼 아꼈으니 타인과의 교류가 전무했다. 나는 사람을 '사귀는 방법'도 '쉬는 방법'도 몰랐다. '놀 줄'도 몰랐다. 놀아본 적이 없기 때문이다.

아내는 아이들이 모두 분가해 나가자 세상을 만나듯 밖으로 나갔다. 칠십 넘어 배우기 시작한 우리 춤에 매료되어 남편의 무료함이 보이지 않는 듯했다. 나는 먹고 자고…… 자고 먹고……, 건강검진에서 당뇨가 발견되고, 커피 잔을 든 손이 후들거리며 떨려서 차를 쏟고…… 밥숟가락이 흔들리고…… 의욕을 상실한 채 박제된 인간이 되어갔다.

이렇게 이삼 년이 흘러 내 나이 79세 되던 어느 날, 한 방문객을 맞이하게 된다. 설계사무소를 운영하고 있을 때 8년 가까이 한솥밥을 먹은 K라는 직원이다. 일급 건축사 시험에 번번이 낙방을 하여 이급으로 일을 하고 있었지만 우직하고 성실한 친구였다.

"소장님, 저와 함께 지방에 사무실을 냅시다." K가 간곡하게 권유했다. K는 본래 경기도 A시 사람이다. 거기서 나고 자랐고, 그곳에 있는 공고를 나왔고, 지금도 거기에 살고 있다.

"제가 사무실을 얻었어요. 공짜나 다름없어요. 일거리도 많아요. 일도 제가 해요."

"그럼 나는 무얼 하나?"

"소장님 명의의 소장님 사무실이지요."

나이 먹은 건축사들은 흔히 자기 면허를 빌려주고 그 명의 값을 받곤 한다. 이것은 절대로 법에서 금하는 일이다. 나는 지금까지 살아오면서 불법을 한 적이 없는, 간이 콩알만 한 사람이다.

당연히 거절했다.

"아니, 아니, 명의를 빌려주시는 게 아니라 소장님이 직접 출근하시는 거예요."

처음에는 K의 동문들, 지인들이 일감을 가져왔고 나는 설계 계획만 잡고 나머지는 모두 그가 했다. 그럴 수밖에 없는 것이 내가 하던 식, 연필로 도면을 그리고 그것을 청사진으로 뽑아서 구청에 허가를 내는 시대가 아니라 모든 일을 컴퓨터로 하는 세상이 되었으니 컴맹인 나로서는 속수무책이었다.

어느 달은 내 몫으로 봉급자 시절의 '월급 한 달 치'가, 또 어느 달은 반 달 치가 되었지만 돈이 문제가 아니라, 먼 곳까지 지하철을 타고 다니는 일, 들락날락하는 내방객들이 주는 활기와 K의 호방한 웃음소리가 집에서 무료하게 시들어가는 것보다는 백배 낫다는 생각에 즐겁게 출퇴근을 했다. 운영은 대부분 K가 맡아서 했기 때문에 소일 삼아 다닌다는 가벼운 마음이라 편했다.

나에게는 병이라면 병일 수 있는, 고질적인 증상이 하나 있다. 서해부 탈장이다. 1991년에 장(腸)이 고환으로 빠져나왔다. 바로 수술을 했다. 그런데 퇴원하고 3일 후인가 현장 한 곳에서 문제가 생겼다. 나는 밤중에 달려갔고 여기저기 뛰어다녔다. 3층까지 이어지는 나무 사다리를 한달음에 오르내렸다. 배에서 '뚝' 소리가 났다. 이후 걸핏하면 창자가 내려와 아프고 불편했다. 탈장 밴드를 착용하고 살았다.

A시 사무실까지는 거의 두 시간이 걸린다. 지하철역에서 내려 20분을 걸어야 한다. 여든 살이 넘으니 탈장이 되는 회수가 빈번해졌다. 그래서 매일 출근하던 사무실을 이틀에 한 번, 또는 일주일에 한두 번 정도로 소홀해졌다. 그런데 어쩌다가 출근을 하면 사무실에서 뭔가 다른 분위기가 느껴지고 이상한

낌새가 감지되었다.

A공고는 선후배 간의 의리가 끈끈하기로 유명한 학교이다.

우리 사무실은 이들의 동문회장이 되어버렸고, 각기 가져오는 정보로 활기차 보였지만 어수선했고 스멀스멀 어떤 야합, 어떤 꼼수가 피어오르는 것 같았다. 내가 제일 싫어하는 것들이다.

이익을 좇아 무리수를 두는 것. 용케 법규를 피하는 잔꾀를 도모하는 것, 먼저 저질러놓고 보는 것 등……. 이런 것들을 멀리했기 때문에 나는 20여 년 동안 사무실을 운영하면서 영업 정지를 한 번도 받지 않았다. K를 불러 다그치니 이미 일은 벌어진 후였다.

내가 아무리 검토를 해봐도 건축허가가 나올 수 없는 땅이었다.

그 땅에 공장과 사무실, 숙소를 한 타운으로 묶어 건축하는 큰 프로젝트였다. 내가 해본 적도 없는 규모였다. K의 선배 하나가 주선해왔고, 쓸모없다고 단념하던 땅 주인에게서 거액의 착수금을 받은 뒤였다.

받은 돈으로 관공서 담당자를 찾아다니며 허가를 받기 위한 로비를 했고, 경험 있는 설계자를 초청하여 설계를 시작했고, 눈 가리고 아웅 식의 소방도로도 내며, 허가가 떨어지기를 기다리는 시점이었다. 내 성격을 알고 있는 사람들이라 절대로 허락 안 할 것을 알기에 허가가 나오면 그때 이야기하려고 쉬쉬하며 일을 진행했던 것이다.

아차, 싶었다. 그런 경로로 큰 손해를 본 사례를 여럿 보아왔기 때문이다.

"염려 마세요, 소장님. 시청에 건축과도 토목과도 전기과도 수도과도 실무자들이 다 저희 동문입니다. 허가는 꼭 받아내겠습니다."

자신 있게 말했지만 허가를 내는 데 실패했다. 받은 돈은 거의 다 썼다.

땅 주인은 지불한 돈을 돌려달라고 성화를 댔다. 다급해진 K는 다른 건(件)을 수주받아 이 문제를 해결하려고 애를 썼다. 이번에는 건축허가를 받았는데, 건축주가 마음을 바꿔 착공을 미루겠다는 것이다. 여기서 돈을 받아서 먼저 것을 해결하려던 계획은 무산되고, 두 번째 건의 비용도 만만치 않게 들었다.

K가 고의적인 것은 아니었다. 그도 잘 해보고 싶었던 것이다. 동문들의 말에 허욕이 발동했을 뿐이다. 일이 성사되지 않을 경우 받은 돈은 환불해주겠다는 계약서를 쓴 모양이다.

설계를 의뢰했던 쪽이 소송을 걸었다. 상대는 나였다. 대표로 되어 있는 나를 상대로 소장이 발부되었다. 나는 모르는 일이고, 내가 직접 한 것이 아니었어도 그걸로 피해갈 수가 없었다. K는 제 탓이라고 백방으로 돈을 구하러 다니는 눈치였지만, 제집 한 칸도 없는 사람이었다.

우리 집은 압류되었고, 나는 85년을 살아오면서 한 번도 겪어보지 않은 재판이라는 것을 하기 위해 법원에 드나들었다. K가 성심껏 대응해주었고, 아내의 글, 법리적인 측면으로가 아니라 감성적 논리로 적어나간 탄원서가 참고가 되었는지 당초의 소송 액수보다 많이 탕감되어 합의를 봤지만, 그것은 오로지 내가 변상해야 할 큰 금액이었다. 6개월이 걸리는 그 기간에 나는 허물어지고 피폐해졌다.

나는 돌다리도 두드려 가며 걸었던 사람이다. 내 힘에 부치는 욕심을 가져보지 않았기 때문에 실패의 경험 또한 적었다. 사람에게 성공의 경험보다 실패의 경험이 소중하다는 말을, 이 정도 실패에 무너지는 나를 보며 깨달았다.

이번 일은 나를 큰 충격 속으로 몰아넣었다. 나는 당뇨에 파킨슨, 전립선 비대, 퇴행성관절염, 탈장에 고통 받고 있는 85세의 심신이 쇠약할 대로 쇠약해진 노인인 것이다. 재판이 끝난 날, 나는 끝내 주저앉고 말았다.

8

동면(冬眠)을 앞둔 수곰 한 마리가 먹이를 찾아 마을로 내려왔다.

초소 레이다에 잡혀 포획 위기에 몰린 곰이 전력을 다해 산으로 뛰어간다. 돌진하는 길에 방해가 되는 나무들을 머리로 들이받는다. 몇 나무는 쓰러지고 몇 나무는 멀쩡했다. 쓰러진 나무들을 살펴보니 구멍이 나 있고 속이 비었다. 고목들이었다. 힘센 수곰의 돌진하는 충격이 나무가 쓰러진 첫 번째 이유이지만 속이 텅 비어 그 힘을 방어하지 못한 나무에게도 원인이 있는 것이다.

내가 쓰러진 것도 여기에 해당된다.

소중한 가족이 생명을 잃은 것도 아니다. 전 재산이 없어진 것도 아니다. 나로서는 억울하고 큰돈이긴 했지만 넘어져서 건강을 해칠 것까지는 없는 일이었다. 엄밀히 말해 나는 외부의 충격 때문이 아니라 방어할 능력을 상실한, 이미 벌레가 속을 다 파먹은, 쓰러질 수밖에 없는 고목이었던 것이다. 심신(心身) 모두…….

고관절에 금이 살짝 갔을 뿐, 뼈는 오히려 건재했다. 많이 걸었던 덕을 본 것이다. 문제는 온몸, 머리, 마음의 세포들이 일시에 제멋대로 반란을 일으킨 것이다. 흐름이 막히고, 기(氣)의 통로가 폐쇄되고……. 내 몸은 굳어져서 스스로 움직일 수 없었고, 배뇨 배변이 되지 않아서 쌍둥이를 임신한 만삭의 산모의 배같이 되었다.

상급병원 입원 기간 동안 아내가 간병인이 되어 내 병구완을 했다. 한 달 동안 건장한 조무사가 밀어주는 휠체어에 앉아서 소아과 산부인과만 뺀 전 진료실(내과 외과 정신과 신경과 비뇨기과 항문 대장과)에서 CT, X선, 초음파, MRI 검사의 처방을 내렸고 내 몸을 가로 세로 샅샅이 영상이 훑고 지나갔다. 병명도 나왔고 적합한 약도 찾았다. 그러나 대소변을 내보내는 기능은 조금도 진척이 없었다.

어느 날, 주치의가 아내를 불렀다.

"저희 병원에서는 이제 할일을 다했습니다. 투약은 저희 처방을 따르시고 치료와 요양은 요양병원에서 하십시오"라고 말을 하며 두세 곳의 병원을 소개해주었다. 보름에 한 번씩 환자 상태를 보고하고 약을 받아가야 했기에 그 병원에서 가까운 요양병원으로 옮겨 갔다.

요양병원 6인실에 들어갔다. 비뇨기과가 따로 없는 내과 병동이다. 간병인 네 명이 두 사람씩 조를 이루어 밤낮으로 배정되어 있었고, 간병비는 필수로 입원비에 포함되었다. 내가 받는 치료는 배변 배뇨의 기능 회복이다. 방광과 장, 항문을 집중적으로 치료받았다. 그리고 한 달에 두 번 상급병원 외래로 가서 주치의를 만났고 약을 처방받았다.

아내는 요양병원으로 일주일에 다섯 번을 찾아왔다. 내 회복이 간병인의 손에 달린 듯 그들을 섬겼(?)다. 아내는 마치 데이트를 하러 나온 젊은 여인 같은 차림이었다. 번번이 산뜻하고 번번이 화사했다. 내 아내가 맞나? 아내에게 저런 모습이 있었나? 나는 낯설기까지 했다.

그도 그럴 것이 내가 본 아내는, 내게 익숙한 아내는 헐렁한 옷에 앞치마를 두른 풀어진 모습이다. 아침에 그 모습을 보며 출근했고, 퇴근하고서는 잠옷을 입은 그녀만 보며 세월이 갔다. 어쩌다가 가족행사 때는 언제나 한복 차림이었고, 사무실에 같이 나올 때는 전문직 여성처럼 검은 정장을 입었다.

아내가 병실로 들어서면 꽃무더기 하나가 걸어오는 것 같았다.

나는 아내의 말소리가 그토록 청아하고 돌돌돌 시냇물에 차돌 굴러가는 소리 같은 것도 처음 알았다. 아내가 와서 자근자근 세상 돌아가는 이야기보따리를 풀어놓으면 옆 침상의 환자도, 맞은편의 환자도 간병인들도 귀를 기울이며 이야기에 빠져들었다. 아내에게 그런 재주가 있었다.

50여 년 간을 함께 산 남편이란 사람이 이렇게 제 아내를 모르다니!! 그 정도로 무심하고, 시간을 같이하지 않았고, 대화를 나누지 않았다는 사실이 아니고 무엇이랴. 공기를 마시며 숨을 쉬어도 공기를 모르듯, 그저 그렇게 그 자리에 서 있는 붙박이 장롱이듯 그렇게 당연하고도 당연한 사람으로만 알았던 것이다.

얼마나 동부인의 외출이 없었으면…… 얼마나 하숙생처럼 아침에 나가 오밤중에 돌아왔으면……. 이제부터라도 다르게 살아보리라 마음먹지만, 나는 아무것도 할 수 없는 무능한 노병객(老病客)이니, 후회하고 새롭게 결심한들 모두 허사인 것이 서글프고 또 서글펐다.

요양병원 입원 3개월로 접어든 어느 날, 아내는 돌연 집으로의 퇴원을 선언했다. 아내는 간호사들이 하는 소변 관리를 찬찬히 관찰했다. 소변 줄은 25일 이상 달지 않는다. 소변 줄 대신 여덟 시간 간격으로 호스를 요로(尿路)에 넣어 소변을 뺀다. 이것을 도뇨(導尿)라고 한다.

아내는 도뇨하는 방법을 배우고 의사와 간호사들 앞에서 시연을 해보였다. 환자가 요의를 느끼면 소변 통으로 받아내고 방광 안에 잔뇨가 얼마나 남았는지 반드시 도뇨를 한다. 명심해야 할 점은 철저한 소독으로 감염을 예방하는 것이다. 집으로 와서 이것을 스스로 하겠다는 것이다. 나도 자식들도, 의사까지 여든 살의 아내가 하기에는 힘든 일이라고 만류했지만 아내는 서둘러 나를 집으로 데리고 왔다. 내 발바닥에 허물이 벗겨지고, 아침마다 하얀 베개에 머리카락이 부서져 눈처럼 쏟아지는 것을 목격한 후였다.

퇴원한 지 어느덧 4년 7개월이 된다.

나는 지금 바깥출입만 혼자 못 할 뿐 모든 것이 양호하다. 그리고 평화롭고 행복하다. 집으로 온 지 3개월이 지나자 화장실 출입을 스스로 하며 실수 없이 배설을 했고 발바닥은 매끈해졌으며 돌아온 날부터 단 한 오라기의 머리카락도 빠지지 않았다.

그런데 출입을 하지 않고 집에만 있어서 그런지, 아니면 정말 뇌가 노화되어서인지 나는 매번 날짜와 요일을 헷갈려 한다. 맨날 딴 소리다. 그래서 아내는 큰 글씨의 일력(日歷)을 구해다가 식탁의 내 자리 맞은편에 걸어놓고 그날 날짜의 큰 글씨를 보게 한다.

"오늘 며칠이지요?" 아내가 물으면 나는 얼른 일력을 쳐다보며 그날 날짜를 말한다. 그러면 아내는 "맞아요, 100점. 당신은 천재라니까……" 하며 웃는다.

어느 날, 일력을 보니 21일이다. 21의 숫자가 크게 보인다. 21. 나는 왠지 익숙하다. 아, 21일! 생각난다. 나의 월급날이었다.

"여보, 월급 타던 시절이 좋았어. 지금은 한 푼도 벌지 못하고, 참 한심한 병객이구나."

월급? 한심한 병객? 이 말을 듣자 아내가 총 맞은 사람처럼 소리친다.

"당신이 왜 돈을 못 벌어. 당신은 매달 200만 원 벌고 있잖아요?"

"200만 원이라니 무슨 소리야?" 누구 놀리는 거냐고 나는 기분이 나빠진다.

"요양병원 입원비가 200만 원이었잖아요? 당신이 병원에 있지 않고 이렇게 나아서 집에 있으니 200만 원을 매달 버는 거예요. 정말이에요" 하더니 얼른 방으로 들어가 봉투 하나를 들고 온다.

"당신이 이번 달에 벌어들인 당신의 월급봉투!!"

이렇게 아내와 나는 일력에 21자가 쓰인 날이면 월급날 행사를 한다.

오늘은 21일, 월급날이다.

2부

네가 있어 행복해

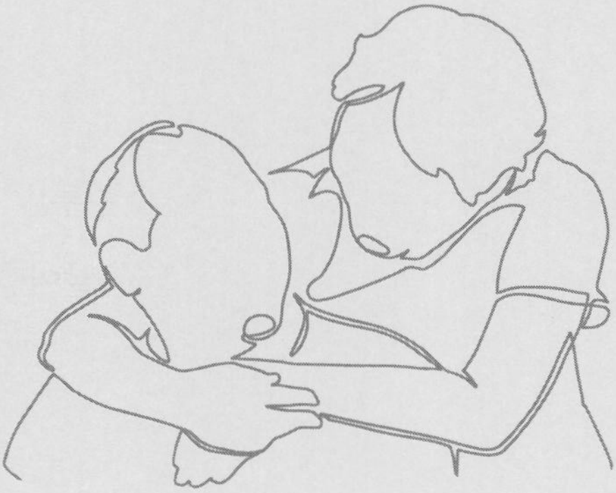

그의 묘비명

남편이 2차 종합검진을 하러 가는 날이다. 1차 검진 결과도 받아온다.

"아침밥을 굶어야 되니 밥 차리지 마오." 어젯밤에 남편이 말을 했다. 이건 웬 횡재? 내색은 하지 않았지만 속으로 "야호!!" 했다. 맘 놓고 아침잠을 잤다. 전화도 오지 않았다.

시계를 보니 9시 반. 눈을 비비고 일어나 식탁에 앉았다. "야호"까지 외치면서 환호했는데, 아침밥을 짓지 않은 부엌이 썰렁했다. 식욕이 나지 않아 몇 수저 뜨다 말았다. 혼자 산다면 늘 이러려나? 아침 차리기가 힘이 들어서 짜증을 내기도 했는데, 누군가의 밥을 해야만 하는 일은 결국 나의 밥을 짓는 일이었다.

남편의 1차 건강검진 결과는 중증의 복부비만이다. 당뇨병 증상도 있고 콜레스테롤과 혈압도 높다. 80년 넘게 사용한 몸이니 어찌 문제가 없으랴.

어제는 막내며느리가 다녀갔고, 오늘은 둘째가 찾아왔다. 이틀 동안의 보너스다. 보너스란 반갑고, 삶을 조금 윤택하게 하는 것일 뿐 생존의 필수조건은 아니다. 생존은 월급이다. 비록 늙고 무력하여 월급봉투는커녕 아무것도 해주지 못한다 해도 남편이 내게 생존의 근원인 월급임을 인식하면서 그의 건강검진 결과를 훑어 나간다. 그리고 기도한다.

"그를 먼저 떠나보내고 내가 떠나게 해주소서."

죽음은 나이순이 아니라는 걸 알지만 나보다 다섯 살 더 많으며 성인병에 비대하고, 운동도 하지 않으니 남편이 나보다 세상을 먼저 떠날 확률이 높다. 그럼에도 나는 그렇게 기도한다. 이것이 노처(老妻)의 가슴 저린 사랑법이다.

나는 친구가 많진 않지만 깊은 속까지 나누는 벗들이 있다. 취미도 있다. 자식들과의 관계도 부드럽다. 남편은 친구라고는 오직 하나, 그의 아내뿐이다. 취미도 없다. 자식의 집도 아내를 대동하지 않고는 찾아가지 못한다. 자기 형제와도 내가 통로가 되어야 교통이 이루어진다. 나는 나 먼저 떠나고 그가 남겨지는 일이 두렵다. 그래서 늘 '그를 먼저 보내고, 나를 떠나게 해 주소서'라고 기도하게 된다. 눈물로 떠나보내고, 오래오래 기억하며, 그의 유택에 잔디를 곱게곱게 가꿔주고 싶다. 아름다운 비문도 지어줄 것이다.

"여기, 갓난아이로 태어나, 어린아이로 자라다가, '어른아이'로 떠난 사람이 잠들다."

이렇게 적을까? 아이면서 너무 일찍 어른이 되어버려, '어른아이'를 이해하지 못하고 절망했던 그의 아내의 회한도 곁들여 한 줄 적어놓을까?

다음 주에는 나도 건강검진을 받아야겠다. 그보다 오래 살려면…….

해로(偕老)

몇 년째 시간을 정해놓고 남편과 둘이 기도를 드리고 있다.

기도는 각자가 자기 편리대로 하는데, 목적이 있는 기도는 시간을 정해놓고 둘이 한다.

가장 열심히 간절하게 했던 때가 1999년에서 2000년 때이다. IMF로 사무실 문을 닫기 일보직전인 때이기도 하고, 큰아들이 시간 강사를 하고 있었기 때문에 아이의 고통을 지켜보는 일이 너무 힘들어 같이 기도를 시작했다.

부모로서 우리의 힘으로 해줄 수 없는 상황이 많이 있다. 육신으로 도와줄 일이나, 집을 사주는 일 같은 것은 무리를 해서라도 할 수 있다. 그러나 우리 힘으로 도저히 할 수 없는 것,

그때는 기도에 매달릴 수밖에 없다. 그리고 간절히 원하는 것은 어떤 형태로든 대부분 응답받는 것을 체험한다.

믿지 않는 사람들은 왜 그것이 기도의 응답이냐고 한심해한다. 스스로 최면을 걸고 있다는 것이다. 그러니까 그것은 당연히 되어야 할 것이 순리대로 된 것이지 기도 때문이 아니라고 한다. 물론 그럴 수 있다. 그러나 나는 나의 기도가 이루어진 것이라 생각하고 감사해한다. 순리대로 된 일이라고 생각하는 사람들에게는 감사가 없다. 사필귀정이니 무엇에 감사하겠는가. 허나 간절히 원하는 것은 어떤 형태로든 이루어진다고 생각하면 매사가 감사하다.

우리 두 내외가 하는 기도의 원제목은 고 3 손자의 대학입시를 위한 기도이다. 아이가 지원한 학교에 최상의 컨디션으로 임하게 해달라고 기도한다. 마음이 편안하고, 긍정적이고, 지치지 않는 힘을 주십사 하고 기도한다. 그 가정이 화목하여 아이의 심정이 안정되기를 기도한다. 결과가 좋기를 기도한다.

아이가 다섯 살 때 미국에서 돌아왔다. 미국 시민권자이다. 한국말은 겨우 기초적인 것만 들을 수 있었다. 여기 이 땅의 다섯 살이면 대부분 한글을 다 알고 동화책을 술술 읽는 시점이다.

우선 언어에서 아이가 뒤처졌다. 미국에서 돌아온 즉시 어미는 직장에 출근을 했다.

며느리의 전공이 전산 쪽이라 밤을 새우다시피 바빴다. 아빠인 아들은 심기가 지극히 불편했다. 대학들이 구조조정에 들어갈 때였다. 신규 전임을 채용하지 않았다. 강사로 전전하며 의기소침할 수밖에 없었다. 아이는 이런 부모들 사이에서 각별한 교육을 받지 못하고 초등학교에 들어가니 독해에서 뒤떨어져 곤혹을 치렀다. 수학과 과학에서는 아무 문제가 없었다. 그렇게 고 3이 된 것이다.

일곱 살에 입학했으니 재수가 필수라는 현 대학입시에서 일년을 더 잡으면 된다. 우선 부모부터 마음에 여유를 두고 담담하게 아이의 입시에 임하면 큰 문제가 없다. 대학입시가 삶 전체보다 중하지 않다.

우리 내외는 딱히 입시보다 넓은 영역으로 기도를 한다.

남편은 기도의 말문이 열리지 않은 사람이다. 보통의 말도 눌변이라 말을 하는 것이 아주 서툴다. 그러니 기도는 더 말해 무엇하랴. 둘이 기도를 시작한 이래 남편은 책상에 앉아서 그날 드릴 기도문을 종이에 쓴다. 이 책 저 책을 읽어가며 정성껏 기도문을 쓴다. 하루도 거르지 않고 하는 이 작업을 나는 대단히 희망적으로 생각한다. 두뇌 활동이 되기 때문이다. 손가락을 쓰는 일, 책을 읽는 일, 정리를 하는 일이 뇌의 쇠퇴를 조금쯤 막을 거라는 기대를 가져본다. 그래서 내가 같이 기도하는 시간을 갖는지도 모른다.

남편이 쓴 기도문을 들을 때면 나는 번번이 감동을 하는데, 그가 원하는 것이 바로 내가 원하는 것이기 때문이다. 두 사람이 간절히 원하는 것이 동일하다. 부모이기 때문이다. 부부라면 기도 제목이 다를 수 있다. 그가 원하는 것이 내가 원하는 것과 다 일치하지는 않는다. 그러나 부모로서의 기도는 그의 기도가 바로 나의 기도다.

내가 원하는 것을 똑같이 원하는 사람이 있다는 것, 이 나이에도 존재한다는 것. 얼마나 귀하고 감사한 일인가. 얼마나 든든한 일인가. 이것은 부부가 해로할 때 누릴 수 있는 최고의 축복이다.

해로(偕老)는 부부가 함께 살며 같이 늙어간다는 말이다. 자식들이 다 떠나가고 없을 때도 같이 살고 있는 것, 이것을 해로라고 말하고 싶다. 젊은 시절, 부부관계를 청산하려고 하지 않은 사람이 있던가. 같이 있음으로써 더 외롭고 괴로운 경험은 누구나 한 번쯤 해보았으리라. 그래도 고비를 넘기고 넘겨 '해로'하는 고지에 올라와 보면 비로소 넘고 넘어온 고갯길에 대한 위안과 축복을 느끼게 된다.

결혼 생활은 장거리 경주이다. 그것도 이인삼각(二人三脚)의 경주이다. 넘어지고 쓰러지곤 한다. 힘들다. 경주 도중에 묶여 있는 다리의 끈을 풀고 훌훌 혼자 뛰어 고지에 오르면 편할 수도 있다. 힘들게 함께 보조를 맞추며 인내하고 오른 사람들이 더 지칠 수도 있다.

그러나 고지는 혼자 있기에 너무도 외로운 곳이다. 바람막이도 없고 지붕도 없다. 옆에 있는 사람만이 비바람을 막아줄 보호막이다. 이것이 해로의 미덕이고, 결혼한 자의 마지막 은총이다.

남편은 지금도 오늘 저녁에 같이 드릴 기도문을 쓰고 있다. 나는 그의 기도문을 보지 않아도 다 안다. 바로 나의 기도이기 때문이다.

내 남편이 먼저 손을 들었다네

새벽기도회에서 돌아온 남편이 말을 한다.

"오늘 초대 목사님이 설교를 하셨는데 젊은 양반이 아주 잘 하셔."

어떤 내용이냐고 물으니, '누군가를 살리기 위하여 나를 죽이는' 주제의 설교 중간에 이런 대목이 있었다고 한다.

그랜드캐넌과 같은 깊은 계곡과 계곡 사이에 긴 줄사다리가 있다. 금방이라도 끊어질 것같이 낡았고, 마침 바람이 세차게 불어 몹시도 흔들린다. 그런데 저쪽 끝에서 강도가 아이를 납치하고 죽이려 하고 있다. 강도가 외친다. "저 줄다리를 건너온다면 네 아이를 죽이지 않겠다."

"여러분 중에 만일 자기 자식이 그런 상황이라면 건너가시겠습니까?" 하고 설교자가 물었다. 성도들이 모두 손을 들었다. "만일 자기 남편이 붙잡혀 있고, 당신이 그 위험한 다리를 건너가야 살린다면요?" 두 여자만이 손을 들었다. "만일 자기 아내가 잡혀 있다면요? 건너가실 남자 분은 손을 드세요."

남편이 말을 한다.

"열 사람이 손을 들었어. 목사님이 세어 보셨거든……."

"당신은 물론 안 들었을 것, 내가 알지……. 그래도 괜찮다우. 마누라 때문에 목숨 버리기가 어디 쉬운가?"

내가 말하자 남편이 못 들은 척한다.

이른 아침인데 전화벨이 울린다. 한 교우의 뜻밖의 전화였다.

"아이고, 집사님은 최고로 좋은 남편을 가지셨어요." 이분이 놀리듯, 감동한 듯 말을 했다. 아내가 잡혀 있을 때, 목숨 내놓고 다리를 건너가겠냐는 목사님의 물음에 제일 먼저 손을 든 남자가 바로 나의 남편이라는 것이다. 우리 둘은 전화에다 대고 깔깔 웃었다.

"어디서 온 전환데, 그렇고 재미있게 웃어?" 남편이 묻는다.

"당신이 맨 먼저 손을 들었다면서요?"

"아, 그거? 당신이 없으면 누가 밥을 해줘? 그래서 들었지."
무안한 듯이 말을 던지고 도망가면서 또 던지는 말.

"나도 젊었으면 안 건너간다!! 팔십이 넘었으니 어차피 죽을 몸이잖아?"

"???"

삽화 하나

어젯밤 11시 넘어 한 통의 전화를 받았다.

자정 가까이에 걸려오는 전화는 가슴이 철렁하고 긴장하게 된다.

큰아들이다. 목소리가 차분하니 일단 안심이 된다.

"어머니, 내일 12시 '삿뽀로'에 점심 예약했어요. 모레면 개학이잖아요?"

아들네 집은 잠원동이고 우리 집은 신사동이다. 아들은 방학이 아니라도 매주 거르지 않고 제 부모를 청하여 밥을 같이 먹는다.

장소는 주로 잠원역의 먹자골목, 아니면 신사역 주변의 식당

가이다. 쉽다면 쉬운 일이겠으나, 일부러 시간을 내어 늙은 부모에게 자기를 보여주는 일이 그렇게 흔한 일은 아니다.

일식집 '삿뽀로'는 잠원역 근처 음식 빌딩인 파스텔 건물 2층에 있다. 그리 과하지 않은 값에 또 노인들인 우리 위(胃)에 부담이 되지 않아서 남편이 좋아하는 집이다.

아들은 밥을 먹으며 이야기를 해 나간다. 밥을 먹기보다 부모와 이야기를 나누고 싶어서 식사 자리를 마련한 것처럼.

오늘은 중국 이야기, 인도 이야기, 티베트 그리고 달라이라마…….

"저런, 저런……."

나는 매번 처음 듣는 이야기처럼 추임새를 넣는다.

파스텔 정문을 나서서 작별인사를 하고 나면 아들은 오른쪽 방향의 제 집 쪽으로 걸어가고 우리 내외는 왼쪽의 지하철 잠원역을 향해 걸어간다.

오늘은 어쩐 일인지 남편이 망부석처럼 우뚝 제자리에 선다.

아들의 뒷모습을 보고 있는 것이다. 178센티미터의 키에 떡 벌어진 어깨, 성큼성큼 걸어가는 모습을…….

두 다리가 둥글게 휘어 4센티미터가 줄어든 161센티미터 단구(短軀)의 아버지가 영화의 마지막 장면을 감상하듯 감동에 겨운 눈으로 하염없이, 하염없이 바라보고 있다.

가물가물 마지막 모퉁이로 아들의 모습이 사라지자, "저 녀석은 어찌 아는 게 그리 많누?"

눌변의 아버지가 말을 한다.

"지하철 한 정거장, 우리도 걸어갑시다." 내가 말한다.

무언지 모르게 가슴 먹먹한, 충만한 것도 같고 애잔한 것도 같은, 괜스레 눈물 한 방울이 떨어질 것 같은, 아련한 애상 한 자락에 그대로 잠겨, 걷고 싶은 것인지도 모른다.

"이 한낮에? 더워서 나는 싫군!!"

"맞아요, 당신 보행이 어려운 것을 내가 깜빡했네……" 하려다가 나는 정색을 하고 말한다.

"당신과 나의 인생이 온통 실수 덩어리라 해도 건진 것도 있나 보오."

웬일인지 오늘은 바람이 제법 시원하다. 보기에 따라서는 모두 실패한 것도 같고, 요즘 말로 루저 같기만 한 우리 내외인데, 또 보기에 따라서는 모든 것이 축복 같은 것. 그것이 인생인가?

미라클!

여름이면 제일 괴로운 것이 모기이다. 우리 집은 공원 밑에 있고, 집집마다 나무가 무성해서인지 모기가 많다. 에프킬러나 홈 매트로는 해결이 되지 않는다. 그래서 모기장을 치고 잔다. 남편이 쓰는 안방에는 텐트 형을 세워놓았고, 내 방 침대 위에도 모기장을 설치했다. 모기장을 치면 바람의 80퍼센트만 통과된다고 하는데 그것을 감수할 수밖에 없는 것이 우리 사정이다.

올 여름은 유난히 덥다. 에어컨도 켜지 않은 방의 모기장 속에서 잠결에도 더위에 몸을 이리저리 굴렀는지 그만 침대에서 쿵 하고 떨어졌다. "큰일 났구나!" 가슴이 철렁했다.

나의 사촌 하나는 침대에서 떨어져 쇄골에 금이 가 고생을 많이 했고, 여고 동창생 부군 역시 침대에서 떨어져서 대퇴골에 골절을 입고 그 이유로 세상을 떠났다.

침대로 다시 올라오는데, 몸에 별 이상이 느껴지지 않는다. "어휴, 천만다행이다." 시계를 보니 새벽 3시. 이미 잠은 놓쳤고, 텔레비전을 틀고 스포츠 중계를 보다가 아침녘에 곤한 잠에 빠졌다.

"여보, 일어나. 일어나. 아침밥 안 해?" 남편이 흔든다.

'아침밥?' 슬그머니 화가 난다. 이 염천에도 꼭 밥을 먹어야만 하는 그가 밉살스럽다.

"나, 오늘 새벽에 침대에서 떨어졌단 말에욧!!"

"침대에서? 당신 친구 남편은 침대에서 떨어져 죽었잖아? 그런데 당신은 왜 안 죽었지?"

'왜 안 죽었지'라니? 어이가 없었다. 그럼, 마누라가 죽었어야 좋았단 말인가? 혼자서는 냉장고에 있는 반찬도 꺼내 먹지 못하는 사람이면서?

"미라클(miracle)!!"

내 입에서 탄식의 소리가 나왔다. 침대에서 떨어진 아내가 멀쩡한 것이 너무도 다행이어서 '천행이구나' 하는 마음을 "왜 안 죽었지?"라고밖에 표현 못 하는 그 언어 구사력으로 네 아들들을 공부시키고, 분가시키고, 늙은 아내의 노후에 궁핍을 면하게 해주는, 팔순도 중반을 넘어선 저 가장(家長). 미라클 그 자체가 아닌가?

나의 "미라클" 소리를 듣자 이 남자 그제야 자기도 "미라클" 하면서 멋쩍게 웃는다.

아내가 뱉은 '미라클'의 의미를 그는 평생 가도 모르리라.

아이고, 아닙니다요

내가 한국무용을 배우는 광진문화원의 춤 교실 수업이 끝나는 시각은 오후 4시 30분경. 1시 30분에 시작했으니 티타임 빼고 두 시간 사십 분 동안 춤을 춘 셈이다. 노인인 나에게는 힘에 겹다. 집으로 돌아가 저녁밥 지을 생각에 몸보다 마음이 벌써 지친다.

밖으로 나오니 회원 몇몇이 웅성거리고 서 있다.

"왕언니, 저녁 잡숫고 돌아가세요." 한 회원이 말한다.

집에 가서 저녁밥을 짓지 않아도 괜찮은 사람들이다.

남편이 먼저 타계했거나, 아직 현역이라 남편이 회식을 하고 오는 사람이거나 며느리와 같이 살아서 조석에서 놓여났거나,

밥을 안 해도 좋은 사람들이다. 이들은 매번 저녁을 먹고 헤어진다.

나는 잠시 갈등을 한다. 먹고 들어가? 그러고 싶다. 그러자 매 끼니때마다 밥에 국을 꼭 먹어야 하는 늙은 남편이 밉상스러워진다. 남들은 아침을 빵과 우유로 때우기도 한다는데 꼭 밥이라야 하는 남자. 매식이란 그의 사전에 없고 꼭 집밥이라야 하는 남자.

사 먹는 밥은 밥이 아니라 사료라나? 집밥만이 밥이라나, 뭐라나?

내가 팔목에 골절을 입고 지내던 동안에도 딱 두 번 외식을 했었다. 새삼스럽게 울컥하고 화가 난다.

"아유, 짜증 나!!"

나도 모르게 이런 소리가 입에서 흘러나왔다.

순간, 한 소리가 귀에 들려온다. 익숙한 목소리다. 내가 불평을 하고 짜증 낼 때마다 얼굴은 보이지 않고 음성만 들리는 그 소리다.

내가 자식이 미욱해 보여 슬퍼할 때, "너, 자식 때문에 슬픈 게 어떤 건지 보여줄까?"

내가 잃은 돈 때문에 가슴앓이 할 때, "너, 다 잃어버리면 어떤지 겪어볼래?"

번번이 나를 겁박하던 그 목소리가 귀에 또 들리는 것이다.

"오냐! 너 말 한번 잘했다. 정말 짜증이 뭔지 알게 해주랴?"

밥을 해놓으면, 맛이 있든 없든 꿀같이 먹는 사람.

소화를 쑥쑥 잘 하고, 배설도 잘 하고, 제 발로 잘 걸어 다니는 사람. 한번 잠들면 둘러메고 잡아가도 모르게 깊은 잠을 자는 사람.

밥 좀 하는 걸 갖고 짜증 나고 힘이 든다면 "정말 힘든 것, 한번 당해볼래?"

나는 화들짝 놀라, 손사래를 친다. 내 상상력이 비약을 한다.

그가 혼자 서지를 못해 부축을 해야만 일어난다. 입으로 흘러 넣어주지 않으면 음식을 못 먹는다. 내가 24시간 내내 시중들고 지키고 있어야 한다면…….

"아뇨, 아뇨, 아이고 아닙니다요. 밥하러 갈게요. 밥하는 것, 제일루 좋아요."

나는 서둘러 집으로 돌아와 저녁밥을 짓는다.

네가 있어 행복해

요즘 나는 우리 집 길 건너 영동시장 안에 자리 잡은 마트 2층을 하루에 한 번 들른다. 의료 기기를 체험하는 곳인데 우리 교회 교우의 소개로 알게 되었다. 이곳과 유사한 체험관이 동네마다 많이 있다고 한다.

나는 지난달 21일에 처음 갔었다. 복부와 발바닥에 전기 진동을 넣어주는 기계이다. 기계 이름이 유리듬(Youridm)이다. 물리 치료실에서 손목 골절 부위를 치료해주는 것과 똑같아서 나쁘지 않을 것이라는 생각이 들었다.

회사 측에서는 몸의 노폐물과 독소를 배출해주며 혈행을 원

활하게 해준다고 한다. 하루에 30분을 사용하게 하고 매일 하라고 권유한다. 나는 매일 하지는 못하고 일주일에 4회 정도하는데 이제 한 달이 되어간다. 일단 집에서 가깝고 아래층이 마트이기 때문에 장보기가 좋아서 되도록 빠지지 않고 다녀 보려고 한다.

30분 기계 치료를 받고 있는 동안에 점장(店長)이 나와서 여러 가지 의학 상식을 알려주고, 노래도 같이 부르게 한다. 이곳 지정곡이 있는데 가사도 쉽고 멜로디도 단순해서 금방 외웠다.

숨 쉴 수 있어서/ 바라볼 수 있어서/ 만질 수가 있어서/ 정말 행복해요.
말할 수가 있어서/ 들을 수가 있어서/ 사랑할 수 있어서/ 정말 행복해요.
이 중에서 하나라도/ 내게 있다면/ 살아 있다는 거죠 / 행복한 거죠.
네가 있어 행복해/ 네가 있어 행복해/ 정말 행복해요.

대강 이런 가사인데 거기에 맞춰 동작도 한다.

살아 있어 행복해/ 니가 있어 행복해/ 헤이/ 정말 행복해요.

이곳 지점은 개설한 지 2년이 된다는데 초창기부터 다니던 사람들이 제법 건강의 효험을 보았는지 "좋아졌어요. 많이 좋아졌어요" 한다.

특별히 아픈 곳이 없는 나는 뱃살이나 빠졌으면 하는 바람이 있지만 무엇 하나 꾸준히 하지 못하는 성품이기에 그리 기대는 하지 않고 있다.

그런데 우습게도 "네가 있어 행복해"라는 중얼거림이 멜로디를 타고 입에서 수시로 흘러나온다.

밥을 하면서도, 일을 하면서도 "네가 있어 행복해. 정말 행복해요." 의미를 따로 두는 게 아니라 그냥 나온다. "네가 있어 정말 행복해요."

남편을 염두에 두고 하는 노래도 아닌데 식탁에 나와 앉아서 커피를 마시는 늙은 남편의 얼굴이 복사꽃처럼 붉게 핀다.

나도 웃는다.

3부

또 하나의 고개

소식을 전합니다

2015년 초, 여든다섯 살의 남편에게 큰 병고가 생겼다. 파킨슨 증상, 파킨슨 증후군이라는 병명으로 통원하면서 치료받기를 10년이 되는 시점이다.

손발의 떨림이 심하고 보행이 어려웠지만 경기도 인근에 작은 사무실을 마련하고 대중교통으로 출퇴근하던 때였다. 걷는 일이 힘든 노인은 지하철 갈아타고, 또 버스로 20분을 가야 하는 사무실행이 어려워 자주 결근하게 되었고, 그사이 여러 가지 일에 휘말려 소송까지 가는 일이 생겼다.

재판이 진행되는 6개월 동안 지병이 악화되어 결국 남편이 쓰러지고 말았다. 우선 3차 상급병원에 입원했다. 1개월 넘게 소아과와 부인과를 뺀 전 과에서 몸을 샅샅이 훑는 검사를 했다. 뇌신경 고장으로 인해 온몸의 장기 기능이 온전치 못하다는 소견이 나왔다.

상급병원에서는 병명을 찾아내고 처방전이 나오면 퇴원을 종용한다.

인근 요양병원을 소개해주었다. 입원 치료만 요양병원에서 하고 치료 처방은 상급병원에서 받아갔다. 요양병원에 2개월 20일 입원했다.

남편의 총입원 기간인 4개월 20일 동안 나는 지인들에게 연락을 하지 않았다. 당시에는 스마트폰을 쓰지 않아 카톡으로 안부를 주고받을 수 있는 형편이 아니었다. 내가 간병인이 되어 병원에서 같이 지냈기에 소식이 단절되었다. 입원 사실만 알렸을 뿐이다.

퇴원하여 집으로 와 컴퓨터를 켜니 염려하는, 궁금해하는, 쾌유를 비는, 간절한 메일들이 수북하게 쌓여 있었다. 눈물 나게 고마운 일. 나는 감사의 편지를 써야 할 것 같았다. 퇴원 후의 나의 일상을 알려드리는 것이 그분들의 사랑에 보답하는 일일 것이다. 나는 다음과 같은 메일을 보냈다. 제목은 〈소식을 전합니다〉라고 적었다.

소식을 전합니다

예, 140일 만에 집으로 돌아왔습니다. 돌아온 지 오늘이 닷새째입니다. 어떻게 지내느냐고 물으셨지요? 저는 잘 지내고 있습니다. 밤에 세 차례 깨어 소변 통을 대주는 것 말고는 환자가 저를 힘들게 하지 않고 있습니다. 밤잠이 부족한 것은 부인할 수 없어요. 그래도 낮에 남편이 자는 옆에서 같이 눈을 붙이고 나면 피로가 풀립니다.

낮에 혹시 혼자 화장실까지 걸어가는 일이 있을까 봐서 넘어질 것이 염려되어 애들이 방에서 변기까지 가는 길에 미끄럼방지 매트를 단단히 깔아놓았습니다.
요양 보호사가 두 차례 다녀갔습니다. 아직 고정 보호사를 정하지 못했기 때문에 우리 교회 집사 중 자격증 있는 분이 와서 네 시간 남편을 돌봐줍니다. 같이 손가락 운동도 하고 다리 운동도 하고 거실을 걷기도 합니다.

환자 상태는 집으로 온 후 하루하루 좋아지고 있습니다. 정말 기적이라고밖에 할 수 없습니다. 대한민국 제일의 비뇨기과 전문의가 회생불가라고 말한 방광이 어느 정도 살아나고 있으니까요. 일단 소변이 마려운 것을 인지하는 것, 또 소변 통에 조금씩이나마 내보내는 일을 하니까요.

퇴원 이후 제가 일일이 소변보는 시간과 배출량을 체크하고 있습니다. 매번 소변을 본 뒤에 호스(도뇨관)로 잔뇨를 뽑아내야 합니다. 나도 소변 뽑는 것을 배웠고, 간호사들 앞에서 시범을 보이기도 해서 실수 없이 잘합니다. 환자를 병원에 두고 있을 때보다 몸도 마음도 편안합니다. 앞으로 얼마나 힘든 일이 또 닥칠지는 모르지만 그때는 그때대로 순응하며 살아내야 하겠지요.

퇴원을 하겠다고 말했을 때 주치의도 아들들도 만류했습니다. 많이 나아졌다고는 하나 배변 배뇨 기능이 온전치 못하고 몸이 경직된 노환의 환자를 역시 노인인 80세의 늙은 아내가 수발을 한다는 것에 반대를 한 것이지요. 그러나 4개월 넘는 병원 생활을 옆에서 보면서 병상 생활은 '삶'이 아니라는 것을 알았습니다. 병명이 나오고 처방전이 나왔으면 집에서 가족들과 같이 사는 것, 그것 이상의 치료는 없다고 생각했습니다. 노인 환자에게 나는 '삶'을 주고 싶었습니다. 삶의 질. 가족들의 사랑 속에서 함께 지내는 삶을…….

두려움이 있었지만 퇴원을 앞두고 예수님이 내 집에 오신다는 생각을 했습니다. 환자 이 아무개가 아니라 내가 믿고 의지하는 나의 신. 나보다 나를 더 사랑하고 잘 아시는 나의 신이 내 식구로 오시는 일, 그냥 식구가 아니라 호주로, 세대주로 오셔서 우리 가정을 다스려 주신다는 생각에 가슴이 두근거리기까지 했습니다. 그래서 그분이 다 맡아주시리라는 믿음으로 나는 그분이 만들어주는 평강에서 '쉼'을 누릴 수 있으리란 소망을 가졌습니다.

염려해주셔서 감사합니다. 이번에 남편의 병고를 통해 나는 참으로 많은 것을 깨달았으며 은혜를 받았고, 자식들 모두와 얼마나 사랑으로 일치를 이루는지 매 순간이 감동이고 감사입니다. 비록 병든 몸이지만 남편이 자기 방, 자기 자리에 누워 있는 모습을 보니 내 마음이 편안하고 행복해지기까지 합니다. 결혼이란 '행복'을 이루려는 것이 아니라 '거룩함'을 향해 나아가는 도정이고 '거룩함'이 이루어질 때 '행복'은 자연스럽게 따라오는 것임을 알았습니다.

그동안의 사랑에 감사드리며 늘 건안하시기 바랍니다.
궁금해하시지 않도록 자주 소식을 전하겠습니다.

2015년 12월 12일 유선진 올림

함께 있는 것이 둘 다 사는 길

오늘로써 남편의 병원 생활이 100일이 지난다. 종합병원 40일, 요양병원 두 달째다. 상급병원에 입원해 있을 때는 내가 간병인으로 들어가서 먹고 자며 24시간을 함께 지냈다. 환자를 옆에서 지켜보며 지냈기 때문인지, "내 죄로다. 내 탓이로다"라는 죄 패를 가슴에 달고 살아서 그랬는지 날마다 새 힘이 솟아나 감당했는데, 그곳에서 추천해준 요양병원에 환자를 두고 지내는 두 달은 하루하루가 지옥이다.

요양병원은 간병인만이 환자를 돌볼 수 있고 가족은 기거를 할 수 없는 구조이다. 남편이 이것에 적응을 하지 못하고 지내니 그 모습을 보는 것이 지옥이고, 100일이 되도록 아무 진전이 없는 환자의 상태가 나를 지옥에서 살게 한다. 또한 사고(思考)도 분별되지 않고, 상처와 좌절, 분노만 또렷하게 뇌리에 박혀 있는 환자의 기억력이 울부짖음으로 이어져서 나를 지옥으로 몰아넣는다.

사람이 이렇게 허깨비로 살 수도 있단 말인가. 밥을 굶어도 배고프지 않고 춥지도 않고 덥지도 않다. 신문 한 줄을 읽지 못하고, 티브이도 볼 수 없다. 그냥 부유하는 먼지처럼, 넋이 어디로 갔는지 붕붕 떠 있는 것 같다. 그리고 두려움, 환자에 대한 두려움 때문에 전화벨 소리만 나도 수화기를 들지 못한다. 상태가 위중하다거나 집에 보내달라고 난동을 치고 있다는 전화일까 봐 겁이 나는 것이다.

요양병원에 입원을 하고 있지만 상급병원의 처방을 받아 투약한다.

정신과, 비뇨기과, 신경과의 외래를 다니면서 내가 약을 타온다. 같은 날이면 좋겠는데 각각 달라서 두세 차례 두 병원과 우리 집을 왕래하는 일도 버겁다.

어제는 정신과에 외래가 잡힌 날이었다. 주치의에게 "선생님, 저 좀 진료해주십시오. 제가 아무래도 이상해요. 우울증, 공황

장애 같아요." 이렇게 말했다. 교수께서 "하하, 아무 염려 마세요. 아주 정상입니다. 좀 지친 것 같으니 환자는 병원에 맡기시고 쉼을 가지세요." 잊고 쉬는 것이 처방이라고 했다.

그 처방에 따라 아들이 콘도 하나를 예약하고 어미를 쉬게 했는데, 하나도 즐겁지 않고 힘이 더 들었다. 자식들의 마음을 편하게 하려고 안간힘을 써도 혼자 집에 있을 때보다 더 괴로웠다. 무엇보다 숨을 쉴 수가 없는 것이다. 가슴에 바위가 얹혀 있는 것같이 답답하여 곧 죽을 것 같았다. 일정을 당겨서 병원으로 달려갔다.

참으로 알 수 없는 일이다. 50년이 넘는 결혼 생활 동안 언제가 제일 좋았냐고 누가 묻는다면 두 차례, 남편이 직장 관계로 집을 떠나 있을 때라고 말할 만큼 남편과 떨어져 사는 것을 좋아했던 아내였다. 함께 있으면 답답하고 숨이 막혔다. 그런데 그런 사람이 병들어 폐인이 되고 보니 잠시라도 내 시야에서 벗어나면 불안하여 달려가게 된다. 세상일은 알 수 없다는 것이 맞는 말이었다.

조건이 좋은 신랑감이었다. 인연이 닿아 부부가 되었지만 살아보니 좋은 조건 밑에 가려진 특이한 성품 때문에 갈등과 절망의 세월을 보냈다. 그러나 그 갈등과 절망은 나 혼자만의 것이었고 그는 여일(如一)하게 성실한 가장이었다. 그가 쓰러지던 날 "내 탓이오, 내 탓이로다"라고 내가 절규했던 것은 이런 연유에서다. 나 같은 아내와 50여 년을 살았다면 누군들 병이 들지 않을 수 있겠는가 하는 자책에 휘말렸다.

허위단심으로 병원에 당도하고 보니 병상의 남편이 풀죽은 모습으로 잠들어 있다. 엄마를 기다리다 울며 잠든 내 아이들의 어릴 적 얼굴이 거기에 있었다.

나는 담당 의사를 찾아갔다.

"선생님, 저희 집 양반에게 어떤 치료를 집중적으로 하시는 건가요?"

"기저 질환은 투약으로 다스리고, 심리적 안정과 배뇨가 문제입니다."

남편은 당시 소변 줄을 달고 지냈다. 소변이 마려운 것을 인지하지 못하고 소변을 배출하지도 못했다. 25일간 줄을 달고 지내다가, 소변 줄을 뽑고 여덟 시간 간격으로 하루 세 번 호스를 요로에 넣어 소변을 빼내는 '도뇨'를 하며 방광 치료를 받고 있었다.

"심리적 안정과 도뇨를 하는 거라면 재가(在家) 치료로도 되지 않겠습니까?"

"집에서 하시려고요? 못 하십니다. 그 연세에요?"

나는 퇴원을 마음먹었다. 환자를 심리적으로 안정시키는 거라면 나보다 적임자는 없다. 그리고 내가 도뇨 방법을 배우면 된다. 나는 의사와 간호사의 지도를 받으면서 그들 앞에서 시연을 해보였다. 나는 거동이 불가능한 환자를 데리고 집으로 왔다.

함께 있는 것만이 남편과 나, 둘 다 사는 길임을 알았기 때문이다.

삼부합창

남편이 집으로 돌아왔다. 한 달이 된다. 남편이 나보다 먼저 떠나기를 기도했던 그 염원은 막상 그가 병상에 눕게 되자 말짱 허사였다. 오직 나의 간절한 기도는 그의 쾌유였고, 그리고 일구월심 회복을 돕는 일에 전념했다.

오늘은 2016년 1월 1일이다. 오늘 나는 내 생애 최고의 새날을 맞이했다. 아마 절망의 끝에 서보지 않았다면 이런 감격은 맛보지 못했을 것이다. 새해 첫날에 가족들이 다 같이 집에 모였다는 사실. 병원이 아니고 집이라는, 지극히 일상적이고 평범한 이 일이, 이처럼 기적같이 느껴지지는 않았을 것이다.

오늘은 잔칫날이다. 어제부터 음식 장만을 나 혼자 해가며 그동안 애쓴 식구들에게 대접할 준비를 했다. 온 가족의 얼굴에 희색이 만연하다. 희희낙락이다.

병색을 완전히 떨쳐버리고 건강을 회복해가는 아버지.

아무리 해도 그 일이 믿기지 않는 아들과 며느리와 손자 손녀들.

조금도 힘든 줄 모르고 부엌으로 방으로 거실로 뛰어다니는 팔순이 넘은 엄마.

이 세 파트가 부르는, 더할 수 없는 화음의 삼부합창이었다. 감사의 삼중창이었다.

사노라면 또 어려운 일이 닥칠 것이다. 그래도 이제는 요동하지 않을 것 같다. 그마저도 감사하면서 담담히 순응할 것 같다. 신이 나를 길들이셨고, 나는 그 길들임이 지극한 사랑임을 이제 100퍼센트 신뢰하기 때문이다.

과거라는 이름의 보물 상자

흐린 날씨가 아니면 아침 9시에서 오후 3시까지 거실에 햇볕이 든다. 지금이야 공중에 집을 짓고 사니까 뉘 집이나 햇볕이 흔하지만 옛날 좁다란 골목에 추녀를 맞물려 한옥을 이어서 지었을 때 볕 드는 집이 귀했다. "삼대가 적선을 해야 남향집에 산단다." 햇볕 가득한 우리 집에 오시면 어머니는 이렇게 좋아하셨다.

우리 집은 이층집인데도 볕이 잘 든다. 앞집이 이층 단독주택이고 우리 동네가 언덕에 자리 잡고 있어서 시야가 가리지 않기 때문이다. 나는 햇볕을 정말 사랑한다. 골절이 생존에 큰

위협이 되는 노경인지라 초미의 관심이 '뼈'에 있다. 비타민 D를 챙겨먹고 여름에도 모자나 양산으로 가리지 않고 햇볕을 쬔다.

우리 집 안방과 거실 그리고 현관 입구의 방은 남향인데 안방에 이어 붙어 있는 화장실을 지나 또 거기에 잇대어 있는 침실은 작은 창문만 있을 뿐 완전 북향이다. 우리 내외는 그 북향의 침대 방에서 잠을 자는데, 날이 밝고 햇볕이 거실에 가득해도 남편은 그 컴컴한 침대를 떠나지 않는다. 식당으로 나와 조반을 들고도 재빨리 그 어둠 속으로 들어가서 텔레비전을 튼다.

퇴원을 앞두고 안방에 병원용 침대를 임대해 설치해놓았다. 텔레비전도 새로 장만했다. 침대에서 떨어질 염려도 없고, 밝고 넓고 편한 곳에서 낮에 지내다가 밤에만 침실을 쓰도록 했는데 이 양반이 거동이 자유로워지자 병원용 침대를 한사코 마다한다.

"하루에 한 시간은 햇볕을 쐬시도록, 적어도 30분 만이라도……." 한 지인이 간곡히 권한다.

요양 보호사가 오면 물론 거실로 나와서 이야기도 하고 걷기도 하고 스트레칭도 한다.

그러나 그 시간은 2시에서 5시 사이이니 밝은 햇빛이 기우는 때이다. 10시에서 12시까지의 그 빛나는 햇볕이 나는 아깝고 또 아깝다.

그래서 거실 창가에 작은 의자 두 개를 마주 보게 놓았다. 가운데에 동그란 탁자도 놓았다. 그리고 밝은 데서 면도를 하자고 꼬드긴다. 싫다는 사람을 갖은 사탕발림을 하여 의자에 앉힌다.

나부터 양말을 벗는다. 종아리까지 걷어 올린다. 팔꿈치까지도 드러낸다.

"자외선이 쳐들어간다, 쳐들어간다. 쿵따라쿵따. 비타민 D다. 비타민 D구나!!"

곡조를 붙여 가며 노래를 부른다. 그러면서 한 시간을 앉혀 놓기 위해 나는 이야기를 풀어나간다.

병원 생활 4개월여. 퇴원하고 가장 가슴이 철렁한 일이 날짜와 요일을 알지 못하는 거였다.

맨날 딴 소리다. 단기 건망증인가, 기억력 감퇴인가, 치매의 시작인가 걱정이 이만저만이 아니었다. 상담을 해보니 자기가 잘못 알고 있는 것을 '옳다'고 우기면 치매 초기이고, 정정하면서 '알았어' 하면 단기 기억장애인데, 생활하면서 서서히 회복이 가능하다는 것이다. 다행히 남편은 매번 "요일 알기가 미적분 풀 때보다 어렵네~" 하면서 멋쩍어한다.

지난 일을 기억하는 것은 신기(?)에 가깝다. 비교적 기억력이 쇠하지 않은 나보다 훨씬 월등하여 내가 혀를 내두른다. 그와 함께 보낸 55년의 어느 시점을 짚어 풀어나가도 이야기가 통하지 않은 데가 없다.

이거면 되지 않는가? 여든여섯의 나이. 지금 취직을 할 것인가, 돈을 벌러 나갈 것인가, 사회활동을 할 것인가. 날짜 지나가는 것을 모르면 어떻고, 무슨 요일인지 모른들 어떠리.

아니, 현재의 모든 것만 칼같이 기억하고, 지난날을 까맣게 모른다면, 그렇다면 그거야말로 공유하는 추억, 아름답고 슬픈 그 숱한 사연들을 모두 잃어버리는 것이 아닐까? 그 허탈함과 상실감은 더 클 것 같다.

오늘은 햇빛이 유난히 좋다. 나는 작은 의자 사이에 놓인 탁자 위에 찐 고구마와 녹차를 올려놓고 현재가 오락가락하는, 그러면서 옛일은 선명한, 그를 초대한다. 햇살이 늙은 그의 몸에 담뿍 비추인다. 내 손등 위에도 부서질 듯이 찬란하다.

55년의 세월이 담긴 과거라는 이름의 상자 속에서 나는 이야기 한 꼭지 뽑아낸다. 그의 가장 자랑스럽던 시점을 뽑아볼까? 아니, 가장 행복했던 때를 풀어낼까? 어떤 때 어떤 이야기라도 내가 시작을 하면 그가 이어간다.

나는 과거가 두 사람 사이에 건강하게 살아 있음에 감사한다. 그리고 과거의 힘에 전율한다. 과거라는 이름의 보물 상자에서 나온 소통이 현재의 암담한 불통에서 벗어나게 해줄 것을 소망하고 기대하며, 나는 전율한다.

고소한 참깨 냄새 그리고 평강의 연둣빛

냉동실에 참깨가 한 봉지 담겨 있는 것을 발견했다. 요리 전문가인 지인에게 물어보았다.

"오래된 깨 같은데 먹어도 될까?"

"생깨는 괜찮아. 볶아놓은 것은 안 되지만……."

팬을 뜨겁게 달군 후, 깨끗이 씻어 조리질한 깨를 넣고 나무 주걱으로 뒤적이며 깨를 볶는다. 물기가 제거된 깨가 톡톡 볶이며 튀어 오른다. 노릇노릇하게 볶은 깨를 플라스틱 절구에 넣고 나무 공이로 찧기 시작한다.

고소한 냄새가 부엌에 퍼지고 거실에까지 흘러간다.

"아, 좋은 냄새!!"

마침 출근 시간에 때맞춰 요양사가 현관문을 들어서면서 말을 한다.

"어제 대추차를 끓이실 때는 어느 공방의 다실에 들어선 느낌이었어요."

삶이 만들어내는 냄새는 어느 향수보다 깊고 정겨운 것인가 보다.

그러고 보니 기억 하나가 떠오른다. 한참 수필 동인 활동을 하던 20여 년 전의 어느 날이다. 부엌에서 저녁 준비를 하고 있는데 청주에 살고 있는 동인 한 분에게 전화가 왔다.

"저 지금 터미널에 있는데요. 선생님께 전해드릴 물건이 있어요."

터미널까지는 지하철로 두 정거장. 앞치마를 벗어던지고 달려갔다.

"아, 좋은 냄새! 음식 냄새! 밥하다가 오셨구나! 우와, 엄마 냄새!!" 이분이 킁킁 익살스럽게 냄새 맡는 시늉을 하며 함박웃음을 웃었다.

"시장하시구나?"

나도 유쾌하게 대답하는데 문득 어머니 생각이 났다.

생전에 내 어머니가 제일로 중히 여기시던 곳이 부뚜막이었다. 주왕신(?)인지 조왕신인지 잘 기억이 나지 않는데 부뚜막 치성을 드리셨다. 남들이 다 잠든 새벽에 드리시는데 백설기를, 그것도 방앗간을 이용하는 것이 아니라 불린 쌀을 집에서 손절구에 빻아 쌀가루를 만들고, 부뚜막에 있는 제일 작은 가마솥에 얹혀 찐다. 그 떡은 절대로 문밖을 나가면 안 되기 때문에 집 안에서만 먹는다. 준비물은 백설기와 오색 과일이다.

목욕을 하신 어머니는 아무도 엿보지 말라고 이르신 후 향을 피우고 합장한 손을 비비며 수없이 절을 하셨다. 살짝 엿본 열 살의 나는 어머니의 치성의 의미를 알지 못했다. 아직도 잘은 모른다. 아마도 가족의 건강이 부엌의 부뚜막에서 이루어지므로 식구들의 건강을 기원하는 정성이지 않았나 싶다.

어머니가 가장 중요하게 여기신 것은 부엌에서 음식 냄새가 나야 한다는 것이다. 부뚜막이 아궁이의 불로 따뜻해야 된다는 것이다. 부엌에서 음식 냄새가 나지 않는 것은 재앙이라고 여기셨다. "부엌이 썰렁하구나." 어머니는 늘 부엌에서 뭔가를 만드셨다.

일하기 싫어하고, 덜렁대는 나는 어머니 마음에 드는 딸이 못 되었다.

"기집애가, 원!" 혀를 끌끌 차셨다. 조신하지도, 야무지지도 않고, 게을러서 영 못마땅하게 여기셨다. 그런데 팔십이 넘은 늙은 당신 딸을 저승(?)에서라도 지금 보신다면 썩 대견해하실 것 같다. 아침에 잠에서 깨어 잠자리에 들 때까지 부엌에서 살고 있고, 부엌에서는 쉬지 않고 음식 냄새가 나고 있으니까…….

세 번의 식사, 두 번의 간식을 준비한다. 밥하고 설거지하고, 밥하고 설거지하고, 또 밥하고 설거지하고……. 늘그막의 내가 된 시집살이, 혼쭐나며 사는 모습이다.

"아, 고소한 냄새!! 맛있는 냄새!!"

현관문을 들어서며 하던 요양사의 말에 가슴이 서늘해진다. 요양사는 깨소금 냄새를 말한 것인데 나는 왜 별안간 그 말에서 작금의 내 삶이 연상될까? 달착지근하지도, 구수하지도, 고소하지도 않은……. 색(色)으로 치면 회색 빛깔의 요즘의 내 삶, 고소하고 맛있는 내음과는 멀고도 먼…….

나는 무엇이든지 색으로 표현하는 버릇이 있다. 분홍빛 같은 사람, 연둣빛 같은 사람, 푸른빛의 사람, 검은색 사람……. 진홍빛의 기분, 보랏빛 심정 등 일기를 쓸 때도 오늘은 분홍이었다, 오늘은 잿빛이었다, 이렇게……. 깨소금 냄새는 색으로 표현한다면 무슨 빛일까? 아마도 노랑, 주홍, 빨강? 쓸쓸한 말이지만 이제는 내게서 찾을 수 없는 색이다.

그러자 오기 하나가 내 안에서 움칠거린다. 아니, 소망이라 해도 좋다. 깨소금 냄새, 고소한 분홍빛 삶을 이제라도 볶지 못할 게 뭐란 말이냐?

건강을 잃고, 무력하고, 빈 주머니라 해도 내가 내 마음에 깨를 심어 열심히 물 주어 키우고 거둬들여, 실한 깨알을 뜨거운 팬에 달달 볶아 손절구에 찧으면 내 속이 고소한 참깨 냄새로 가득해져 내가 숨을 쉴 때마다 밖으로 나와 내 부엌에, 내 거실에, 내 방에 진동할 게 아니냐? 그리하여 마침내 내 집이 노랑, 빨강, 주홍의 고소한 집, 고소한 삶이 될 게 아니냐?

그러다가 나는 고개를 살랑살랑 흔든다. 굳이 힘들여 깨를 심을 것까지 없다는 생각 때문이다. 어려운 시절을 잊지 않는다면, 가슴이 무너져 내리던 절망, 숨을 쉴 수 없었던 암담함, 그런 것들만 잊지 않는다면, 『열국지』에 나오는 월왕 구차가 쓸개를 핥으면서 지난날을 잊지 않았던 것처럼, 그 힘든 시절을 잊지 않는다면, 참깨 고소한 냄새는 아니라도 감사와 평강의 연둣빛은 만들어내지 않겠는가?

그런데 왜 눈물이 나온단 말이냐? 어머니가 생각나기 때문이라고 구실을 붙인다.

등이 말한다

우리 집의 뒤 베란다는 아치형이다. 난간은 두꺼운 유리로 빙 둘렀다. 제법 운치가 있는 발코니형이다. 수도가 설치되어 있고, 김장도 하고, 허드렛일을 하기에 넉넉한 공간이다.

북향의 뒤 베란다 앞은 6미터 골목이다. 오가는 사람들을 눈앞에서 볼 수 있다. 우리 집은 이층으로, 식구들이 아침밥을 먹고 현관을 나설 때 베란다에 나가 서 있으면, 대문을 열고 골목길로 걸어 나가는 그들을 배웅할 수 있다.

다섯 식구가 집을 나가는 시간이 각각이라 마지막 사람이 골목길에서 사라질 때까지 배웅을 하려면 보통 20분이 걸린다. 나는 베란다 난간에 두 팔을 얹고 집을 나서는 가족들의 뒷모습을 정말 간절하게 바라본다. 바라보고 배웅하는 그 자체가 지극한 기도이다.

사람의 뒷모습이란 왜 이리 선(善)하단 말이냐? 그리고 바라보는 이까지 순하게 만든단 말이냐? 상처 주는 입(죄), 흘기는 눈(미움), 성난 콧방울(분노), 이것들을 행하는 것은 모두 얼굴에 있고, 침묵하는 뒤통수와 어깨, 정직한 등뿐이기 때문인가? 멀어져 가는 뒷모습에 시선을 꽂으면, 어젯밤 의견이 달라 아이들에게 화를 냈던 일이 사무치게 후회가 되고, 남편에게 곱지 않게 대했던 일도 반성하게 된다.

세월이 흐르는 사이 나는 뒤 베란다에 서서 집을 나서는 식구들의 등을 바라보지 못하게 되었다. 현관문을 열고 계단을 내려가 대문을 나서는 식구가 없는 것이다. 은퇴한 남편은 늘 집에 있고, 분가해 나간 자식들은 어쩌다가 다니러 와도 집 앞에 세워놓은 차 안으로 들어가 붕~ 시동을 걸고 미련 없이 떠난다. 나는 사무치는 후회와 가슴을 치는 반성의 자리를 잃어 후회도 반성도 모르는 고약한 늙은이로 되어간다. 다시 한 번 식구들의 등을 보며 살고 싶구나. 그들의 등을 보며 무사하기를 간절히 염원했던 그 옛날의 배웅이 그리워진다.

염원하면 이루어지는 것이 사람의 일인지도 모르겠다. 요즘 남편의 등을 시도 때도 없이 바라보며 살고 있으니 말이다. 바깥출입이 어려운 그와 '실내 걷기'를 함께 하기 때문이다. 손을 잡고 거실, 식당, 안방, 건넌방을 걷기 시작했다. 이제는 남편이 홀로 걷고 나는 그 등 뒤에서 따라 걷는다. 작아진 키, 굽어진 등의 노쇠한 남편이 부실한 걸음을 옮긴다. 행여 넘어질까 세밀히 보살피며 나는 그 뒤를 걷는다.

앞서 걸어가는 그의 등에 사내아이 넷과 그 넷의 무게를 합친 것보다 더 무거운 짐으로 얹혀 있는 내가 보인다. 그 무게가 남편으로 하여금 저 모습의 노인이 되게 했구나, 하염없이 시야가 흐려진다. 한 줄기 통증이 지나간다. 아프다. 많이 아프다. 이게 뭘까, 이 통증의 정체는?

그때 그의 등이 내게 말을 한다.

사랑하니까 아프다고, 아프지 않은 것은 사랑이 아니라고 …….

무전기 교신

나는 생색내기의 명수이다. 그래서 기껏 수고를 해놓고도 생색내니 효과(?)가 반감된다. 그러지 말아야지 다짐을 하지만 타고난 모자람이라 잘 고쳐지지 않는다. 내 처지가 '을(乙)'인 경우 상대 '갑(甲)'에게는 생색을 감히 못 낸다. 내가 '갑'인 경우에만 '을'에게 생색낸다. 일종의 갑질일 수 있다.

천만다행인 것은 대부분의 경우 내 쪽이 '을'이다. 절대적인 나의 '갑'은 자식들이다. 손자 손녀까지 자식의 범주이니 생색낼 수 없고, 친구들은 평등의 관계이므로 내 생색의 대상이 아니다.

내가 생색내며 마음 놓고 갑질을 해댈 수 있는 상대는 오로지 남편뿐이다. 더구나 노쇠하고 병까지 얻어 하나에서 열까지 내 손이 가야 일상이 유지되니 그는 내게 '을'을 넘어 '병(丙)'이 되겠다.

아침 7시에 우리 집의 하루는 시작된다. 남편의 화장실 가는 소리에 내가 잠에서 깬다. 옆 사람의 온도가 36도 5부이니 한여름 이 더위에는 작은 난로의 열과 같지만, 잠자는 동안에도 환자의 미세한 기척을 놓치지 않으려고 한 침대를 쓴다. 간단히 샤워를 하고 아침 준비에 들어간다.

먼저 나는 사과 하나에 당근을 넣고 믹서에 간다. 퇴원하고 열 달이 되는 오늘까지 단 하루도 거르지 않는다. 8시 전에 조반 준비를 마친다. 제철 과일과 우유 150밀리리터를 후식으로 삼는 것도……. 과일은 우유와 궁합이 맞는 것으로 세밀하게 선택한다. 그리고 아침 약 세 가지와 비타민 C, 비타민 D, 비타민 E를 꼭 챙겨 투약한다.

아침 일의 마지막 순서가 칫솔질이다. 남편의 파킨슨이 입속과 턱에서 진행되어 입안에 음식이 남아 있는 것을 잘 느끼지 못해 양치질을 해도 잇몸과 치아 사이에 음식물이 남는다. 나는 치간 칫솔로 그것을 일일이 빼내주며 헹구게 한다.

설거지를 하고, 신문을 보고, 부엌과 거실과 방을 청소한다.

시간은 11시가 된다. 나는 전기밥솥에 코드를 꽂고 점심 준비를 한다. 후식은 역시 과일과 우유 150밀리리터, 남편에게 하루 300밀리리터를 들게 한다. 점심에는 약 한 가지와 종합비타민, 홍삼정, 오메가 3를 투약한다. 그리고 양치질……. 오후 1시에 요양 보호사가 오니까 비록 환자라도 정갈하게 해주고 싶어서 면도를 해주고 로션을 발라주고 옷을 갈아입힌다. 이로써 오전 일이 끝나고 그제야 나는 남편에게서 자유로워진다.

이때쯤 내 생색이 발동을 한다.

"당신 나한테 한 달에 300만 원 월급을 줘야겠다, 그치?" 생색은 다른 생색으로 이어진다. "아냐, 300만 원 받고 누가 이 일을 해?" 내 생색이 기고만장해지고 위험 수위에 이를 즈음 무전기에서 삐삐 교신이 온다.

"나도 너에게 생색 좀 내야겠구나. 나는 너에게 숨을 쉬게 하고, 네 자식들에게 평안을 주고, 남지도 모자라지도 않게 양식을 공급해주지 않더냐? 또 네가 차려준 밥을 남편이 잘 먹고 소화할 수 있게 해주었다. 너는 밥을 차릴 수는 있지만 소화하게 해주고, 배설하게 해줄 수 있느냐?

네 남편을 보살피도록 너를 건강하게 하고……. 내가 너에게 해주는 것이 열 손가락도 모자라는데 내가 언제 너에게 생색내든?"

얼굴은 보이지 않고, 목소리만 무전기에서 울려댄다.

"나도 생색내볼까?" 이 말에 나는 그만 무너진다. 참으로 익숙한 목소리다.

내가 불만에 차 있거나 슬퍼하고 좌절할 때마다 들려오는 소리다. 아주 잔소리꾼이다.

이 무전기는 내가 사용료도 안 내고 기기 값을 지불하지도 않았는데 누군가 내 곁에 갖다놓았는지 수시로 삐삐 교신을 보낸다.

성가셔서 버려도 보았는데 막무가내로 내 곁에 붙어 있다.

나는 이 무전기에 대고 한마디 하고 만다.

"저의 생색을 조금 귀엽게 봐주실 수는 없겠는지요? 생색이 나쁜 것은 잘 알지만 생색을 부리고 나면 제 숨통이 조금 트여요. 말은 안 하고 있지만 제 목이 무언가로 짓눌려 있는 느낌이에요.

생색내고 나면 조금 시원해요. 그러나 그보다 더 중요한 것은 상대방에게 미안하고 또 미안해지는 마음이에요. 미안함에 그에게 정성을 더 쏟게 되어요."

이렇게 호소하면서 반성하고 후회하는데, 이때 놀라운 일이 내게 벌어진다. 늙고 병든 남편이 사무치게 불쌍해지고 미안해지고 그러고 나면 나의 하루가 조금도 힘들지 않고, 아니 힘든 게 아니라 끝없는 감사로 충만해지는 거다.

나는 오늘도 이 무전기를 소중히 가슴에 품는다. 그리고 무전기의 주인에게 말을 한다.

"저의 생색, 애교로 봐주실 수 있는지요?"

마음 놓고 생색낼 사람이 있다는 것은 고마운 일이다.

때로는 준엄한 경고음을, 때로는 달콤한 위로의 멜로디를 보내주는 무전기가 있다는 것은 더 고마운 일이다.

기사회생의 명약

날씨가 무척 덥다.

비교적 더위를 덜 타는 체질인데 오랜 더위에 몸이 지친다.

“추위는 긴장감을 주는데, 더위에는 이렇게 무력감이 느껴지네요.”

매일 아침 서로 편지를 주고받는 문우가 이런 말을 한다.

“선생님이 그러시면 나는 오죽하겠어요?”

내가 대답을 한다.

구입한 지 27년이 된 에어컨을 켜면 실외기 쪽에 불꽃이 튀면서 작동이 멈추고 만다. 그래서 아예 틀지 않고 산다. 얼마나 덥겠는가, 40년 만의 더위라는 이 한여름에……? 다행히 공간이 넓고 집 구조가 남북이 탁 트여서 맞바람이 불어오면 견딜 만하다. 비록 더운 바람이라도 바람은 좋다.

그러나 내가 "오죽하겠어요?"라고 말한 그 '오죽'은 날씨의 더위를 뜻하는 것이 아니다. 삼시 세끼와 화장실 갈 때를 빼고 주야장천 침대로 올라가 누워 있는 노부(老夫)를 바라보는 마음의 답답함이다. 거기서 전해져 오는 무력감이다. 사람에게는 생기(生氣)라는 것이 있어서 서로 상통하고 교환해야 어떤 시너지 효과가 나타나는데, 작동을 하지 않고 꽉 막힌 한쪽의 생기가 다른 쪽의 생기마저 위축되게 한다.

내가 무력감을 느끼고 지쳐서 맥이 끊어질 것 같은 것은 더위 때문이 아니다. 이렇게 기진맥진 증상이 일어날 때면 나는 기운을 회복하기 위해 탕약 한 봉지를 마신다.

나의 비상 탕약은 파는 것도, 살 수 있는 것도 아니다. 오로지 우리 집 부엌 선반에만 있다. 내가 큰솥에 끓여서 봉지봉지에 담아 힘들고 지칠 때 하나씩 뜯어서 마시는 것이기 때문이다. 약 재료 두 가지를 푹 곤 것이다.

만 3년 전, 남편의 온몸이 반란을 일으켰다. 육체, 정신, 마음, 모두……. 반 폐인이 되어 모든 기능이 마비되었다. 대책이 서지 않았다. 망가지는 것은 환자만이 아니었다. 나도 무너졌다. 악몽의 시기였다. 그 암담함, 절망을 잊지 않고 '기억'하는 것이 첫 번째 재료이다.

지금 남편은 인지력이 떨어지고 바깥출입이 어려울 뿐, 그리고 낮이나 밤이나 침상에서 내려오지 않을 뿐 내과적 질환 없이 양호하다. 잘 소화하고, 배설하고, 단잠을 잔다. 무엇보다 마음의 평화를 누리고 있다. 이게 어딘가. 웬 은혜랴. 그래서 두 번째 재료는 '감사'이다.

악몽의 기억과 현재의 감사로 끓인 탕약. 그것을 마시면 환자 수발의 어려움은 더 이상 어려움이 되지 않는다. 지쳐가던 내 기운이 기사회생한다. 거기에 나는 약재 하나를 더 첨가한다. 긴 세월 참으로 고약한 아내였던 나. '후회와 반성'이라는 약재도 잊지 않고 넣는다. 나는 하루에 몇 봉지의 이 기사회생의 명약을 마신다. 그것은 하루에 몇 번씩 힘이 든다는 의미도 된다.

고난이 축복이라는 말이 있다. 환난이 복이라고도 한다.

내 나이 팔십이 넘어, 남편이 중병을 앓는 것이 나쁜 일만은 아니다.

그 일이 아니었으면 아무 일도 일어나지 않아 지루한 일상이 얼마나 큰 축복인지 몰랐을 것이다. 보잘것없이 미소한 것이 얼마나 큰 감사인지 몰랐을 것이다. 그리고 내가 얼마나 못되고 고약한 아내인지도 몰랐을 것이다.

노환이란 치유의 길이 멀고 조금씩 점점 더 나빠지겠지만 3년 전 입원 생활에 비하면 지금은 천국이다. 거기에 '감사'와 '후회와 반성'이라는 회생의 명약이 늘 가까이 준비되어 있으니 나는 꽤 복 많은 노후를 보내고 있다고 할 수 있다.

"애고, 에어컨 없이 어떻게 이 더위를 견디세요? 새로 들여놓으세요, 제발."

문우가 진정으로 권유를 한다. 나는 대답한다.

"괜찮아요. 더위를 날려 보내는 기사회생의 명약이 내게 있으니까요!"

바깥은 겨울

남편이 2018년 크리스마스 날, 3박 4일간 입원하면서 아홉 가지 검사를 받았다. 검사 결과는 대장암. 입원하던 날 저녁, 그리고 퇴원하는 날 저녁에 죽 한 대접이 식사로 나왔을 뿐 금식이었다. 수술 날은 열흘 뒤로 잡혔다. 집도할 의사의 수술이 밀려서이기도 했지만 노인의 기운이 쇠하여 기력을 회복해야 할 시간이 필요했기 때문일 것이다.

3년 전인 2015년이다. 남편의 건강이 졸지에 무너져 내렸다. 온갖 검사를 하며 다각적으로 치유의 길을 찾았다. 그때 장 내시경 검사도 시도했다. 그러나 장 청소를 할 약물 4리터를 마시는 일이 당시 남편의 건강으로는 무리였다.

겨우 2리터를 마시고 수면 내시경을 받았다. 0.7센티미터와 0.26센티미터 크기의 용종이 있는데 장 속의 오물 때문에 감염 위험이 있어서 떼어내지 못했다고 한다. 다시 물을 마시고 장을 비운 후에 용종을 제거하자고 주치의가 말했지만, 가족들이 후일로 미루었다. 노인의 용종은 성장이 둔하고 또 모든 용종이 암으로 되는 것도 아니기에 건강이 회복될 때 하자는 생각이었다.

퇴원한 지 26개월이 되는 2018년 12월. 혼자서 바깥출입이 자유롭지 못한 것을 빼면, 건강을 회복한 아버지를 보며 아들이 말했다.

"아버지, 장 내시경을 해보시는 게 어떨까요? 0.7센티짜리가 마음에 걸려서요."

그래서 가까운 병원으로 가 세척용 4리터의 약물을 마시고 대장 내시경을 받았다. 용종이 3.7센티미터와 2.6센티미터로 자랐고, 조직검사 결과 대장암이라는 판정이 내려졌다.

진료 의뢰서와 소견서를 가지고 우리는 전에 입원했던 3차 의료기관을 찾아갔다.

소견서를 본 의사는 입원하여 재검사를 해보자고 했다. 남편은 그 어려운 '물먹기'를 다시 했고, 삼 일간 금식을 하며 필요한 검사를 모두 받았다. 그리고 열흘간의 체력보강 기간이 주어진 후 수술 날짜를 정한 것이다.

검사를 받기 위해 병원으로 들어가던 날, 가방을 챙기면서 입원 가방이 아니라 여행 가방을 꾸리듯이 담담했다. 돌이켜보면 숱하게 출장 가방을 싸며 산 세월이었다. 건축설계가 업이었으니 현장 감리로 집을 떠나는 일이 잦았다. 그렇듯 가방을 들고 나서는 일이 우리 집에서는 다반사이고 일상적인 일이다. 이번이라고 그때와 다를 것이 무엇 있겠는가. 발달한 의술, 최고의 의료진. 나는 조금도 걱정하지 않고 차곡차곡 준비물을 넣었다.

정해진 시간 외에 문병을 철저히 차단하고 있는 병동은 조용하고, 병실은 깨끗하고 쾌적했다. 금식을 하기 때문에 밥 시중도 없다. 건강한 남편과 검사 기간 사흘을 보내면서 휴식을 취하듯 편했다.

"여보, 밥 안 하니까 좋다. 우리 집은 추운데 여긴 반팔 입어야겠네? 집에서도 우리 둘, 여기서도 우리 둘……. 밥해 먹여야 하고, 학교 보내야 할 아이들이 있을 때라면 어쩔 뻔했수? 아무것도 꺼리는 것 없이 이렇게 나와 있으니 좀 좋아? 아, 좋다." 이렇게 너스레를 떨었다.

나는 잠든 남편의 배를 살살 문질러 보았다. 퇴원 후, 단 한 번도 배 아프지 않았고, 설사나 변비가 없고, 식욕 좋고, 몸무게 늘고, 소화 잘 하고, 즐겁게 웃으며 지내는 동안 암이라 것이 이곳에서 자라고 있었다니! 나는 이 불청객의 실체를 느껴 보려는 듯 여기저기 꾹꾹 눌러보며 말했다.

"암이라는 친구야. 네가 집 짓고 살려고 온 이 할아버지 배 속 말이야. 전혀 영양가 없는 곳인데 왜 찾아왔니? 그러나 나는 네가 고맙다. 이 할아버지 젊은 시절에 찾아와주지 않은 것, 가장의 책임과 의무가 컸던 장년 시절에 오지 않은 것, 88세 인생을 끝내고 돌아갈 시점에 찾아와준 것. 모든 것을 내려놓을 줄 아는 나이, 모든 것에서 감사를 느끼는 나이, 생명을 위협하는 너까지도 감사하는 나이, 그 나이에 와준 것이 고맙구나."

우리 사정을 알고 있는 한 교우가 이렇게 말했다. 이분은 상담사이기도 하다.

"함께 기도하면 힘이 있고, 좋은 응답을 받아요. 중보기도(타인을 위한 중재의 기도라는 뜻)에 올리는 게 어떨까요?"

무슨 제목의 기도를 올릴 것인가? 수술의 성공? 의학의 발달로 수술은 성공할 것이다. 건강을 회복하여 오래오래 살게 해주십사라는 기도? 88년을 살았으면서 더 살게 해달라고 전교인을 향해 부탁하고 싶지 않다. 고통 없이 해달라는 것? 그 제목 앞에서는 잠시 흔들리지만 그것도 접었다. 배 가르고 창자를 잘라내는 데 어찌 고통이 없으랴. 나는 웃으면서 말했다.

"글쎄요, 그저 불쌍히 여겨달라는 기도나 해주세요."

나는 매일 밤 이렇게 기도드린다.

"신이여, 당신의 뜻대로 행하시옵소서. 당신이 원하시는 것을 나도 원하나이다. 다만 자비를 베푸소서. 긍휼히 여겨주옵소서."

생명의 주인께서 남편의 목숨을 더 연장하시면 지금처럼 그의 옆에서 감사하며 소중히 지낼 것이고, 부르신다면 그가 얼마나 좋은 아버지이고, 성실한 남편이었는지, 고마운 가장이었는지 감사하면서 작별할 것이다.

나는 아이처럼 끌어안았다

막내아들은 올해 마흔아홉 살, 고 3짜리와 고 1짜리 남매의 아버지다. 살고 있는 곳은 용산구 이촌동. 두 아이가 모두 대치동의 학원에 다닌다. 평일에는 저희들이 대중교통을 이용하여 다니는데 주말에 회사가 쉬는 날에는 아범이 운전을 해준다. 우리 집은 이촌동과 대치동 중간 지점에 있다.

두 아이들을 각기 시작 시간에 데려다주고 끝나는 시간까지 기다리는 시간을 주로 우리 집에 와서 보낸다. 나는 운 좋게 일주일에 한 번 내지 두 번 막내아들을 본다. 서너 시간을 머문다.

"어머니, 1시에 애들 학원 데려다주고 5시에 데리러 갈 때까지 논현동에 가 있어도 되지요?" 아침 설거지를 하는데 전화가 왔다.

"되다 뿐이니? 그런데 그런 걸 뭘 미리 전화해? 저 왔어요, 하고 아무 때나 오면 되지."

부모 자식 간에도 연락 없이 가는 것은 예의에서 벗어나는 시대에 우리가 살고 있다.

막내가 좋아하는 것이 '엄마 표 비빔국수'다. 여러 가지 반찬에 밥과 국을 먹는 것이 번거로운지 내 집에만 오면 비빔국수를 해달라고 한다. 나도 간단해서 그 편이 좋다.

재료 준비를 다 해놓고 막내를 기다린다. 내리사랑이라 그런지, 아직 애같이 느껴져서 그런지 막내는 편하다. 위의 아들들은 왠지 좀 어렵다. 기다리는 마음이 즐겁다. 막내는 어떤 마음으로 매주 두 번씩 늙은 부모의 집으로 올까? 그 마음을 상상해본다. 이런 생각일까? 저런 마음일까? 혼자 생각하다가 그 마음을 적어보기로 한다. 노트 한 장을 찢어서 펜으로 쓰기 시작했다.

지금은 오후 1시. 대치동 학원에 고 3짜리 아들 녀석을 데려다주고 가는 길이다. 수업이 네 시간이니 5시까지 데리러 가면 된다. 이촌동

내 집으로 가지 않고 학원과 같은 강남구인 부모님 댁으로 차를 돌린다. 이촌동으로 갔다가 다시 대치동으로 오려면 길에서 낭비하는 시간이 꽤 된다. 집으로 돌아올 때는 녀석이 대부분 지하철을 타고 오지만 오늘 같은 주말엔 내가 어머니 댁에서 보내다가 데리러 간다. 더구나 대장암 수술을 앞두고 검사를 받기 위해 3박 4일 입원하셨던 아버지께서 퇴원하신 시점이다. 고령에 아홉 가지 검사를 금식하며 받으셨으니 많이 지쳐 계실 터이다.

문을 열고 들어선다. 내가 온 기척을 알아듣고, 어머니가 버선발로 달려오신다.

"아이고, 우리 이쁜 막둥이네~." 83세 노인의 목소리라고는 믿을 수 없는 청아한 목소리로 반기신다. "점심은?" 언제나 먼저 묻는 것이 밥 먹었냐는 물음이다. "엄마 표 비빔국수 돼요?" 내가 대답한다.

아버지 방부터 들여다본다. 곤히 잠들어 계신다.

"점심 잡숫고 저렇게 잠만 주무신다야." 어머니가 걱정스레 말씀하신다. 주무시고 계신 모습이 편안해 보인다.

내 방으로 들어가 옷걸이에 겉옷을 걸고 텔레비전을 켠다. 20년 전 결혼하기 전까지 내가 쓰던 방이다. 침대도 그 침대이고, 책상 의자 모두 그대로다. 가장(家長) 체면에 집에서는 맘 놓고 볼 수 없었지만 편안하게 채널을 이리저리 돌린다. 바둑을 본다. 어머니가 방문을 여신다.

"우리 이쁜 막둥이 국수 먹자." 어머니는 말끝마다 '이쁜 막둥이'를 붙인다.

나는 넷째 아들이다. 분명 이름이 있는데 태어나면서부터 어머니는 이름 대신 '이쁜 막둥이'라고 부르셨고, 식구들도 모두 따라 해서 으레 '이쁜 막둥이'가 내 이름이 되었다. 그러니까 '이쁜 막둥이'는 하나의 명사인 셈이다.
어머니 집에 들어서면 어머니는 칭찬부터 하신다.
"아이고, 아범 노릇도 잘두 하지." "바쁜 안사람 대신해서 생색 없이 궂은일도 잘 하네." "애들도 기특하네. 태어나서 그 나이 되도록 말썽 한번 안 피우고 자라는 것이 쉬운지 아니?" "이쁜 막둥아, 네 처를 위하고 위하고 또 위하거라."
어머니의 덕담을 듣고 있으면 내가 꽤 복을 누리고 사는 사람 같고, 아내나 자식들에게 갖고 있는 이런저런 미진한 대목이 얼마나 가당치 않은 내 욕심인가 반성하게 되고, 정말 괜찮은 가장이 되어야겠다는 생각도 들게 된다.

사실 이촌동에서 대치동 왕복 운전에 그리 대단한 시간이 낭비되는 것이 아니다. 그래도 주말, 출근을 안 하는 날엔 거리를 핑계 삼아 중간 지점에 있는 논현동에 들르는 것은 어쩌면 '이쁜 막둥이'로 잠시 되돌아가 가장의 막중한 입장에서 벗어나 보고, 내가 누리고 있는 소소한 일상에 대한 감사를 깨닫고 싶은 것인지도 모른다.

"몇 시에 데리러 가니?"
"4시 40분에요."
"그럼, 티브이 보다가 안심하고 잠들어라. 엄마가 그 시간에 칼같이 깨울 테니까."
건강하든, 아니 하든 양친이 살아 계시다는 것이 내가 누리는 복 중의 복이다.

볼펜으로 흘겨 쓴 글을 아들이 읽는다. 웃으면서 말을 한다.
"우와, 어머니는 족집게 도사, 돗자리 깔고 앉으셔도 되겠네? 심리 상담사도……."
"내 속으로 낳은 내 새끼 마음이니까 짐작하는 거지, 다른 이의 생각을 어찌 아누?"
아들이 글이 적힌 종이를 소중하게 주머니에 넣으면서 말을 한다.
아버지가 병원에 계셨던 때 부모님 빈집에 한 번도 들어가지 않았노라고.
우편물도 챙기고, 집도 둘러봐야 하는데 들어가지 않고 그냥 지나갔노라고.

부모님이 안 계신 집, 아니 엄마가 없는 집은 그냥 건물이었다고…….

"지나가면서 얼마나 울먹여지던지……. 엄마!!"

쉰 살을 앞둔 아들을 나는 아이 때처럼 끌어안았다.

또 하나의 고개

대장암 수술을 받고 남편이 퇴원했다. 88세의 고령임에도 순조롭게 마무리되어 안도했다. 다행히 대장암 2기라 방사선이나 항암 치료를 하지 않아도 되었으니 이런 행운이 없다. 퇴원하기 전날, 병원 측에서 보호자들을 위한 강의를 열었다. 퇴원 후에 가족들이 알아야 할 일들과 음식 조절에 대한 강의였다.

"어머니, 제가 아버지 곁에 있을 테니 어머니가 가서 듣고 오세요."

나는 두 번이나 참석하여 꼼꼼히 기록하며 주의 사항을 익혔다. 그리고 냉장고 문에 금해야 할 음식과 먹어야 할 음식을 프린트로 뽑아 붙여놓았고, 병원 측에서 준 일주일분의 하루 세끼 식단도 붙여놓았다.

고기, 생선, 달걀 등 단백질은 소장에서 소화하니까 섭취하는 데 지장이 없지만 야채나 과일은 대장에서 하니, 건더기 등 장에 오래 머무는 채소는 절대 금기라는 것이다. 탄수화물도 절대적으로 백미라야 한다. 퇴원하고 당분간은 국도 김치도 국물만 먹어야 한다. 채소도 먹는 것이 따로 있는데 그것도 잘게, 푹 물리고…….

내가 손을 들고 질문을 했다.

"며칠 뒤면 설날인데 떡국을 푹 끓여서 먹는 거는 되나요?"

"질문 잘 하셨습니다. 절대 안 돼요. 떡국 먹고 응급실로 오신 분도 있었어요."

그 까다로운 식단에 매끼 나박김치 국물이 꼭 들어 있었다.

"동치미 국물, 나박김치 국물은 빠뜨리지 마세요. 유익균의 보고(寶庫)예요."

그래서 나박김치를 담그고 있는 중이었다. 부끄러운 고백이지만 이 나이 먹도록 김치 담그는 데 자신이 없다. 조리법을 보며 따라 한다. 열심히 집중하느라 침대에 누워 있는 남편을 상대해주지 못하고 온 종일을 부엌에 있는데 혼자서는 옷도 못 입는 양반이 외투까지 입고 모자를 쓰고 나온다.

"왜요? 어디 가세요?" 놀라서 내가 물었다.

"우리 집…… 우리 집 가는 거야. 우리 집."

이게 무슨 날벼락 같은 소리인가? 자기 집을 찾아가야 한다는 소리가?

여기가 우리 집이라고 아무리 말해도 소용이 없다. 신발을 신고 현관문을 열고 나간다. 김치를 담그다 말고 뒤따라 나갔다.

보행이 어려운 남편이다. 더구나 대장암 수술을 하고 엊그제 퇴원한 사람이다. 열 걸음 걷다가 쉬고 또 쉬고 드디어 주저앉았다. 지나가는 청년 둘이 겨우 일으켜 세워 간신히 집으로 왔다. 더 엉뚱한 것은 내가 자기 아내가 아니라는 것이다. 자기 집에 자기 아내가 있다며 그리로 가야 한다고 우긴다. 막무가내다.

경험자들이 전하는 말에 따르면 전신마취 후에 오는 섬망증이며, 퇴원했던 자리를 집으로 안다는 것이다. 이튿날도 여전히 자기 집에 가야 한다고 나선다. 붙잡아도 뿌리치고 혼자 나가는데 그럴 때는 기운이 장사다. 나는 감당할 수 없어 대기하고 있던 아들이 같이 집을 찾아(?) 나섰다. 결국 그날도 길에서 쓰러져 112 경찰차의 도움으로 집에 돌아왔다.

사흘째 되는 날은 아들이 월차를 내고 아침 일찍 차를 우리 집 앞에 대기해놓았다. 문밖을 나서는 아버지를 태웠다. 나도 동승했다.

“아버지, 이제 아버지 집으로 갑니다. 어디로 갈까요? 어린 시절 자랐던 동숭동? 우리들 낳고 기르신 충신동? 빌라 신축될 때까지 일 년간 세 들어 살았던 잠원동? 어디로 모실까요?”

아버지가 대답을 못 한다. 일단 세 군데를 다 돌아보자고 내가 말했다. 가는 곳마다 아니라고 머리를 흔든다. 할 수 없이 차를 우리 집 방향으로 돌렸다. 차가 우리 집 골목길로 들어서니 “여기야. 여기가 우리 집이야” 한다. “논현동 41번지 2호. 우리 집이야.”

이렇게 해서 집을 찾아 나서는 일은 세 번 만에 끝이 났지만 이후 노인은 수시로 집을 나서는 버릇이 생겼다. 느닷없이 무엇인가를 찾아 나간다. 그때마다 지구대에 가출 신고를 하고 아이들은 업무 중이라도 나와서 아버지 찾는 일을 해야 했다.

해결 방법은 단 하나. 밤으로 낮으로 내가 노부(老夫)를 지키고 있는 일이다.

외출할 낌새가 보이면 잽싸게 따라 나가 같이 다니다가 돌아오는 길밖에 없다.

10미터 이상을 걷지 못하는 육중한 노인이 넘어지고 주저앉는 것을 부축하다 보면 여든네 살 내 허리가 동강이 나는 것 같다. 배뇨 배변 기능이 막힐 때보다 더 힘에 부친다. 어떻게 이 고개를 넘을까? 큰 산 앞에 서 있는 것 같다.

4부

다정이 병이 되어

종점 전 정류장

지난 주말에 집 근처 학동역 부근의 남포면옥에서 가족 모임을 가졌다. 거동이 자유롭지 못한 아버지를 모시고 가끔 이런 회식의 자리를 갖는다. 우리 가족은 모두 합쳐 열세 명이다. 그중에 둘이 미국에 살고 있으니 다 모여도 열한 명이다. 그날은 등교를 하지 않는 토요일이었지만 학원에 가야 하는 세 아이가 빠져서 여덟 명이 전부였다. 예약된 방으로 들어가니 네 명씩 마주 앉도록 좌석이 배치되어 있었다.

한편으로 아버지와 아들 셋이 자리를 잡았고 마주 보이는 쪽으로 두 며느리와 나 그리고 손자가 앉았다. 보통은 으레 내가 남편 옆에 앉는다. 이것저것 시중을 들어야 하기 때문이다.

그런데 그날은 아들 사이로 아버지가 가서 앉았다.

"잘하셨어요, 아버지. 오늘은 어머니가 편히 잡수시겠네요." 아들이 말한다.

마주 보이는 자리에 89세, 57세, 55세, 49세의 네 남자가 보인다. 일부러 보려고 하지 않아도 앞자리이니 자연히 시야에 들어온다. 이렇게 사부자(四父子)의 얼굴을 평행으로 나란히 놓고 보기는 처음이다. 찬찬히 살펴보자니 살짝 웃음이 나온다. 나이가 가져다준 세월의 흔적만 다를 뿐, 한 사람의 얼굴이다. 남편의 49세 때 얼굴, 55세의, 57세의 얼굴이 사진을 복사해놓은 듯하다. 어쩌면 네 얼굴이 저리 같을까? 아들들이 89세가 되면 어떤 얼굴이 될지 그들의 노경의 얼굴이 미리 그려진다.

더운 나라를 여행하고 돌아온 큰아들의 얼굴은 검자줏빛이다. 둘째는 거구의 몸에 어울리는 큰 얼굴이 가을걷이를 끝내고 온 농부 같다. 막내는 새로 맡은 부서가 전국에 있는 자사(自社) 지점을 현장 점검하는 일이라 그의 얼굴도 검붉다. 오로지 늙은 아버지만이 우윳빛이듯, 복사꽃 분홍색처럼 화사하다.

식욕 넘치게 먹고 있어도 세 아들들 모두에서 피곤의 흔적이 보인다. 삶의 무게다.

큰아들은 몇 달 동안 씨름하며 책을 탈고한 탈진이, 막내는 대학입시 수능을 끝난 제 아들의 진로 문제로 상담을 하고 온 피로가, 둘째에게서도 어딘지 지친 기색이 역력하다. 생활에서 놓여난 아버지만이 만사태평, 천진무구, 편안한 얼굴이다.

남편도 지금 아들들처럼 피로하고 지치고 탈진을 겪으며 오늘에 이르렀다. 국민소득 일인당 200불 시대에 자식 낳고 기르고 공부시키고 결혼시키면서 국민소득 3만 불 시대를 이끈 주역이다. 늙고 병이 들어서야 비로소, 처음으로 모든 책임과 의무에서 훌훌 벗어날 수 있었다. '노쇠가 준 선물'인 것이다.

'노쇠'는 피하고 싶다고 해서 피할 수 있는 것이 아니다. 당연한 수순이고 종점 전 정류장(終點前停留場)이다. 누군가는 종점이 가까이 있을 수도 있고, 누구는 한참을 가야 그의 종점이 보일 수가 있다. 각자 도착할 마지막 정류소가 다른 것이 인생이다. 한 가지 공통점은 종점 전 정류장은 그곳에 탑승한 승객들을 순화하면서 정화해준다는 사실이다.

더 이상 아무 짐도 질 수 없는 허약한 체질로 만들어주는 것. 아무것도 할 수 없는 무능, 무력의 사람이 되게 하는 것. 그래서 젊은 시절에 한번도 해본 적이 없는 '겸손'이란 것을 하게 하는 것. 해가 뜨면 깨고 해가 지면 자고, 때 되면 먹고, 어제가 오늘이고 오늘이 내일……. 욕심을 부려보았자 소용이 없다는 것을 알아서인지 욕심이라는 단어도 잊게 하는 것.

인생 종점의 정류장은 하차의 문으로 겨우 몸만 빠져나가게 되어 있다. 입은 옷밖에는 아무것도 통과하지 못한다. 그래서 종점 전 정류장에 이르면 승객들은 하나둘씩 갖고 있던 모든 것을 놓고 내릴 준비를 해야 한다. "잊으신 물건 없는지 살피고 잘 챙겨들고 내리십시오." 지하철의 전동차 종점에서는 이런 주의 사항을 방송하지만 삶의 긴 여정의 종점에서는 "당신은 빈손으로 나가게 됩니다"를 가르친다. 아니, 종점 전 정류장에 이르면 승객들 스스로 그것을 안다.

젊은 아들들 사이에서 혼자 맑고 편안한 아버지의 얼굴을 보며 나는 종점 전 정류장의 선(善) 기능을 보았다.

그날의 회식을 담당한 아들이 계산대로 가자 걸음이 부실한 아버지가 있는 힘을 다해 뒤따라갔다. 지갑에서 5만 원권 두 장을 꺼낸다.

"밥값에 보태거라."

아홉수

1

지난 일요일, 예배를 드리고 나오는데 한 교우가 반가운 미소로 인사를 한다. 나도 다정한 답례를 보냈다. 구역도 다르고, 연령도 차이가 나서 따로 만나는 일은 거의 없는 분……. 그래도 어쩌다가 마주치면 서로 남다른 눈인사를 나누는 사이이다.

인연은 2014년으로 거슬러 올라간다. 그때 내 나이 79세였다.

10년마다 아홉수가 되면 무언가 먹먹해지지 않던가? 스물아홉에서 서른으로 접어들 때, 마흔아홉에서 쉰으로 들어설 때, 또 예순아홉에서 칠순의 나이가 될 때. 매번 다른 두려움과 허망, 또는 기대 그리고 서글픔도 느끼게 된다.

그런데 일흔아홉이 된 2014년, 나는 두려움이나 서글픔이나 허망함이 아니라 어떤 안도라고나 할까? 이제는 '되었다'라는 편안함에 일종의 여유 같은 것이 생겨났다. 금년만 지나면 팔십이 된다. 장수시대라고는 하나 8이라는 숫자에서 세상을 마감하면 누구의 눈에도 호상(好喪)이 되고, 자식들의 마음에도 섭섭할지언정 '한(恨)'으로 남지 않는다. 이제 홀가분한 마음으로 떠날 수 있는 나이가 되었구나 싶었다.

나는 79년 동안 살아온 나보다 더 아름다운 모습으로 나의 팔십을 맞이하고 싶은 열망에 사로잡혔다. 젊은 시절의 내 키는 158.4센티미터. 학교를 졸업하고 결혼할 즈음 49킬로그램의 몸무게로 제법 날씬했지만 52킬로그램일 때가 제일 보기 좋았던 것 같다. 그런데 2014년 일흔아홉의 나는 157센티미터의 60킬로그램. 줄어든 키는 어쩔 수 없지만 체중을 감량하기로 작정했다.

어느 날 장바구니를 들고 장을 보러 가는데 시장 골목 어귀에 광고문 하나가 붙어 있었다. 'HB 다이어트' '한 달에 3만원' '3회 무료 체험.'

눈이 번쩍 뜨여 문을 열고 들어갔다.

두세 평 반쯤 되는 작은 공간이다. 예쁜 중년의 여인이 반갑게 맞이해준다. 벽면 한쪽 옆에 작은 소파가 놓여 있고, 인바디 체중계 그리고 다른 벽면에 두 사람이 마주 보고 앉을 수 있는 원적외선 증기 반신욕통 의자가 놓여 있다.

주인이 상냥하게 반신욕통 의자에 앉기를 권하며 스위치를 켰다.

뜨거운 열기가 하체를 후끈하게 감쌌다. 반신욕통 의자에 앉아 50분 동안 땀을 흘리면서 HB 제품의 차를 넣은 뜨거운 물 500밀리리터를 마시는 것이 여기 프로그램이다. 모두 물 2리터를 마시라는데 첫날은 1리터밖에 넘어가지 않았다.

3만 원이라는 비용은 반신욕통에 앉아서 50분 동안 땀을 흘리는 비용이고, 회사에서 나오는 차는 본인이 구입해야 한다. 500밀리리터마다 일정량의 차를 넣는다. 그리고 식사 대용의 프로테인을 구매하여 그것을 물에 타서 먹는다. 3회 무료 체험에서는 차와 프로테인이 공짜이다. 효능은 노폐물의 제거라고 했다. 내장 지방을 씻어냄으로써 체중 감량이 되는 이치로, 단백질을 공급하는 것은 근육 보강이다.

첫날, 기분이 나쁘지 않았다. 3만 원을 내고 회원 등록을 했다.

나의 목표는 55킬로그램이다. 한 달 후에 2킬로그램이 빠져나갔고 몸이 가벼워져서 걷기에도 힘이 생겼다. 그때 주일날 눈인사를 나누었던 그 교우를 거기서 만났던 것이다.

2

우리는 다이어트 방의 주인을 '여 사장'이라고 불렀다. 여자 사장이라는 뜻이 아니라 성(姓)이 여씨(呂氏)였다. 나이는 50대 초반, 남편은 대기업의 방계회사 사장이다. 아들과 며느리는 의사이고, 몸이 대단히 쇠약한 예쁜 여인이다. 병명도 나오지 않는 병으로 수십 년 고통을 받았는데, 이 HB 차 치료로 몰라보게 건강해져 자기 건강을 돌보는 차원에서 HB 건강방을 차렸다는 것이다. 회원들은 거의 다 여 사장의 친구들이다. 그 친구들은 이 여인의 허약과 회복을 직접 접했고 대체로 남편들이 성공한 축이었다.

나는 당시 최고로 자유를 만끽했던 시절이었다. 남편이 의정부의 작은 사무실을 지하철로 출퇴근할 때였다. 아침 10시에 집에서 나가면 저녁 7시에 칼같이 귀가한다. 남편이 경영 악화로 설계사무소를 접은 뒤 이삼 년이 지난 어느날, 직원이었던 실장이 자기가 운영해보겠노라 간청하여 그의 연고지인 의정부에 남편 명의로 사무실을 연 것이다.

남편 몫의 수입은 거의 없었지만 늙은 남편이 갈 곳이 있다는 것, 왕복 네 시간의 소요시간이 운동도 된다는 이유로 나는 그의 의정부 사무실 개설을 반대하다가 동의했다.

HB 건강방은 나무로 만든 반신욕통 의자 두 개가 서로 마주 보며 앉게 되어 있다. 1회가 50분, 나머지 사람들은 소파에서 뜨거운 차를 마시며 차례를 기다리는데 자연히 이야기 잔치가 벌어진다. 일종의 교제의 장이다.

남편이 늦은 조반을 끝내고 10시에 출근을 하면 나는 대충 집안일을 하고 1시에 집을 나선다. 일주일에 세 번 한국무용을 추러간다. 세 시간을 춤 교실에서 보내다가 HB 건강방에 4시 반에 도착하고 차례를 기다리며 소파에서 물을 마시다가 원적외선으로 땀을 내기 위해 의자 속으로 들어간다. 6시쯤 장을 보고 집으로 돌아와 저녁 준비를 끝내면 7시에 어김없이 남편이 돌아온다.

내 헤어스타일은 긴 머리를 뒤로 질끈 묶고 리본이나 장식용 핀을 꽂은 상태. 괜찮은 무대라고 권유하면 공연에 동참했기 때문에 앞에서 보면 쪽머리 같은 형태의 머리 모양새이다. 그날이 그날 같은 늙은 여자의 일상에 공연은 하나의 숨통이다. 분장한 얼굴을 보는 것도 설렘이 되고 관객의 박수가 들려오면 몸 전체에 어떤 활기가 퍼진다.

어느 날 여 사장의 친구가 새로 왔다. 55사이즈의 체형에 이

목구비가 서구적이고 활달한 여인이다. 여 사장 남편 친구의 부인이고, 출중한 두 딸이 결혼을 하지 않아서 속을 끓이는 여인. 친구와의 이야기 시간이 좋아 회원이 된 경우이다. 나와 같은 논현동에 살고 있고, 같은 교회의 교우인 것을 알게 되었다.

첫날, 들어서자마자 나무통 의자에서 땀을 빼고 있는 나를 보고 놀라는 표정을 지었다. 그러더니 "오~매!! 오매, 오매. 완전 이조의 여인!" 하면서 감탄했다. 빤빤하게 빗은 머리를 틀어 올리고 땀을 흘리고 있는 할머니. 살이 뚱뚱 찐 것도 아닌데 그 나이에 몸매를 가꾸겠다고 물을 독약처럼 마시고 있는 노인. 50대의 눈에는 이미 여자도 아닌, 그냥 늙은이일 뿐인, 80에 접어든 상할머니가 건강을 위해서가 아니라 멋있고 싶어서 다이어트를 한다니 놀랍기만 했던 것이다.

"정말 이쁘세요. 우리 어머니 세대의 여인들이 얼마나 이쁜지 상상이 되는 얼굴이에요."

맙소사, 이 얼굴이 이쁘다니?! 눈도 코도 없는 것 같은 평평한 윤곽의 내 얼굴이…….

"기품 있고, 조신하고, 범접할 수 없는 어떤 기운?"

아마도 뜨거운 열기로 달아오른 볼이 꽃잎처럼 화사하게 피어올랐기 때문일 것이다. 주일날 예배 끝나고 나오면서 다정하게 인사를 나누었던 그 교우와의 인연은 이렇게 시작되었다.

3

통 속에 앉아 물을 마시고 있던 그 교우가 어느 날 내게 물었다.

"그리 뚱뚱해 보이지도 않으신데 왜 살을 빼려고 하세요?"

"8개월 후면 내가 여든 살이 됩니다. 많이 살았고, 그야말로 인생 종착역에 가깝습니다. 나는 지금까지 한번도 예뻐 본 적이 없는 사람입니다. 내 소망은 생의 마지막 즈음에 제일 이쁜 사람이고 싶은 것이지요. 몸매만이라도 균형 있고 반듯한 자세로 나의 팔십을 맞이하고 싶답니다."

이해를 했든 안 했든, 모여 있는 50대 여인들이 묘한 표정을 지었다.

지하철에서 내려 HB 건강방으로 가는 길목에 큰 마켓이 있다. 나는 대충 반찬거리를 사들고 차를 마시러 들어갈 때가 많다.

"오늘은 무슨 장을 보셨어요?"

매일 저녁밥을 짓는 나를 신기해하는 그들이 내 장바구니를 들쳐본다.

나는 하루 반찬값으로 만 원 이상은 쓰지 않는 것을 원칙으로 삼고 장을 본다. 만 원이 넘으면 그다음 날 그 값만큼 덜 쓴다. 젊은 주부들이 혀를 내두른다. 충동구매, 견물생심 안 하는 것이 내 장점 중의 장점이다.

어느새 그들 사이에서 나는 '선생님'으로 불렸고, 일부러 내가 나오는 시간에 맞춰 자기들 일정을 짜는 듯했다. 사장이 여고 교사 출신이라 학교 선생님들이 많았다.

내게는 모범생 기질이 있다. 규칙을 잘 지키는 것이 몸에 배어 있다. 50분 동안 물을 어떻게 효율적으로 1리터에서 1.5리터를 마셔야 하는지 터득했고, 프로테인을 얼마만큼 어떻게 먹어야 하는지 분석하여 그 여러 사람들 중에 내가 가장 효과적으로 감량에 성공했다. 10개월 다니는 동안 공복감 없이, 근육도 빠지지 않고 6킬로그램을 뺐다. 아마도 사장이 다이어트 방을 닫지 않았다면 계속 다녔을지도 모르는 일이다.

아름다운 여든을 맞이할 준비 중의 다른 하나는 피부를 다듬는 일이었다. 나는 평생 해보지 않던 피부 관리를 여든을 맞이하는 일흔의 아홉수에서 혼인날을 잡아놓고 준비하는 신부처럼 군살을 빼고 피부를 가꿨다. 왜 그렇게 여든이라는 나이를 가슴 두근대며 기다렸는지 지금 생각해도 알 수가 없다.

또 하나 아름다운 여든 살을 앞두고 내가 필히 가꾸어야 할 것은 나의 내면이었다. 그 시기만큼 책을 많이 읽었던 적이 없다. 다행히 어미에게 책을 사주는 것을 큰 기쁨으로 여기는 아들 때문에 나는 신문에 소개되는 신간 중 베스트셀러는 거의 섭렵했다. 독서하는 엄마를 자랑스럽게 여기는 아들들이 즐거워하는 일이었다.

이렇게 외적 내적으로 공을 들이며 나의 일흔의 아홉수 해는 대망의 여든 살을 향해 흘러갔다.

4

내 생일은 양력으로는 1936년 5월 5일. 음력으로는 윤삼월 보름. 호적에는 1937년 1월 1일이다.

여든 살 생일은 미국에 체류 중인 셋째가 2월 휴가를 맞아 귀국했기에 환영의 의미도 겸해 호텔 뷔페식당에서 큰아들이 차려주었다.

검정 타이트스커트에 코발트블루 재킷, 검정 에나멜 하이힐을 신은 나는 누구의 눈에도 80세 할머니가 아니었다. 일흔 아홉수에서 일 년 동안 가꾼 몸매 덕이다. 여든 살 생일을 늙은 할머니가 아닌, 아름다운 여인의 모습으로 나타나려는 시도는 성공했다고 할 수 있다.

그러나 딱 그날 하루였다.

그 즈음 남편의 이름으로 실장이 운영하던 사무실에 일이 터지기 시작했다. 우선 세금 폭탄. 새 정부가 들어서면서 무작 위로 집어서 세무조사를 했는데 우리 사무실이 그 명단에 든 것이다. 누락 세금이 기함할 정도였다. 세금은 실장 소관이었는데 그가 세금을 제대로 내지 않았던 거다. 수년 동안의 미납금이 중과세되었다. 소장 앞으로 나왔으니 납세자는 남편이다. 그 와중에 우리 집 압류 통보가 날아들었다. 수주한 설계가 잘못되어 손해배상 소송을 당한 것이다. 소장은 모르는 일이고, 모든 일은 실장이 했다는 이유로 피해갈 수 있는 일이 아니었다.

남편은 탄탄대로에서나 평상심을 갖는 사람이다. 가는 길에 장애물이 있으면 치워가며 가야 하는데 이 사람은 발로 걷어차 남의 기물을 파손하거나 제 발목에 부상을 입히는 사람이다.

문제 해결은 언제나 내 몫이었다. 나는 하이힐 대신 운동화를 신었고 타이트스커트를 벗어버리고 편한 바지를 입었다. 동으로 서로 뛰어다니느라 분첩 단장은커녕 산발한 여인이 따로 없었다.

6개월의 재판이 진행되는 동안 남편의 정신은 만신창이가 되었고, 급기야 무너져 응급실로 실려 갔다. 그때가 2015년 7월 17일.

12월 8일 집으로 퇴원할 때까지 4개월 20일은 내 일생에 단

한 번도 겪어보지 않은 쓰나미였다.

뇌신경의 고장은 온몸의 고장이다. 뇌가 각 장기에 신호를 보내면 그 장기들은 신호에 따라 제 역할을 한다. 그 기능이 무너진 몸은 더 이상 몸이 아니다. 고깃덩어리다. 몸에 꽂힌 온갖 기계로 생명을 지속하고 있다.

일흔의 아홉수에서, 다가오는 여든 살을 가장 우아하고 아름답게 맞이하고자 수험생처럼 준비했던 나는 막노동자, 중노동자가 되어 가장 거친 모습의 할머니로 전락했다. 낮이면 엉켜 있는 일을 풀어내고자 뛰어다녔고 밤이면 75킬로그램 몸집의 환자와 씨름해야 했다.

근사한 여든 살을 맞이하기 위해 내적 외적 고군분투로 노력한 결과였을까? 놀라운 일은 여든 살의 할머니에게 삼손의 힘이 솟구친다는 사실이었다. 전쟁에 임하는 용사처럼 힘이 장사였고, 주위 사람 누구도 믿을 수 없을 만치 지치지 않고 씩씩하여 "환자 때문에 놀라는 것이 아니라 환자의 늙은 아내 때문에 놀란다"는 말이 돌 정도였다. 아버지를 문병하러 온 자식들은 활기차고 명랑한 엄마를 보고 가벼운 마음으로 돌아들 갔다.

대형병원에서 치료약을 찾은 후 그곳과 가까운 요양병원으로 옮겼다. 요양병원에는 보호자가 함께 기거를 못 하게 되어 있었다. 나는 마치 병원 직원이나 되는 듯 출퇴근을 했다. 지하철을 한 번 갈아타고 내려서 350미터 걸어가는 병원행은 왕복 세 시간 반이 소요된다.

나는 그 시간을 유익하고 소중한 마음으로 받아들였다. 열차에 타고 있을 때는 내 인생 80년을 돌아보았고, 땅 위를 걸을 때는 '철학자'가 되었다. 수없이 많은 내가 보였다. 헤아릴 수도 없는 어리석음과 과오 그리고 시행착오, 자존심으로 똘똘 뭉친 교만과 편협……. 환자가 불쌍해서 우는 게 아니라 내가 너무 모자라고 부끄러워, 흐르는 눈물을 주체하지 못했다.

일흔 살의 아홉수에 두근거리는 가슴으로 아름다운 여든을 준비하고 기대했던 그 시간은 '외형과 의미'를 전혀 달리한 변화 속으로 나를 밀쳐 넣었다. 소망했던 근사한 모습은 없어졌지만, 소망할 꿈도 꾸어보지 않은 '더 놀라운 나'로 만들어준 것이다.

남편의 발병, 입원 그리고 퇴원하여 오늘에 이르는, 4년여의 세월은 무탈하게 지냈던 79년 동안 한번도 느껴보지 못했던 감사의 날들이다. 힘들었던 병상 생활을 기억하는 한, 어떤 어려움도 이겨낼 수 있게 해주니까 말이다.

서른에서 마흔으로 넘어가는 아홉수, 쉰에서 예순으로 넘어가는 아홉수도 아니고 노경의 끝인 일흔에서 여든으로 가는 아홉수에서 어찌하여 나는 그렇게 가슴 두근거리며 여든을 준비했던 것일까? 생각이 여기에 임하면 그 어떤 '신비의 힘'을 떨쳐낼 수가 없다.

그런데 나는 또 지금, 또 다른 아홉수와 치열한 담판을 벌이고 있다. 남편이 금년 여든아홉, 아흔을 향해 가는 아홉수인 것이다.

5

남자는 1931년생. 내가 처음 만났을 때는 서른한 살이었다. 믿을 만한 분들의 소개로 맞선을 보았고 두 달 가까이 만나보다가 약혼을 했고, 두 달 후에 결혼을 했으니 내가 배우자에 대해서 확실히 알고 있는 것은 이름, 나이, 학벌, 집안 환경, 직장 같은 외형적인 것이 전부였다.

"몇 년을 겪어봐도 사람 모르기는 매 한가지다." 아버지가 말씀하셨다. 학력을 보는 것, 부모를 보는 것이 어쩌면 더 정확할 것이라는 거다. 어린 시절부터 아버지를 정말 좋아하고 존경했던 나는 아버지의 말씀은 곧 진리였다. 더구나 스스로에게 박한 점수를 매기고 있던 나는 갈등 없이 이 남자와의 결혼을 받아들였다.

내가 자라온 환경에서는 남자가 여자보다 우월한 존재였다. 세상의 주인은 남자이고 여자는 그야말로 돕는 짝으로서 종속의 위치였다. 우선 아들들은 최고의 교육을 받았지만 딸들에게는 요조숙녀의 길, 부덕(婦德)만을 가르쳤다.

우리는 대가족이라 많게는 30명 가까운 가족이 한 울타리 안에서 살았다는데, 우리 어머니는 물론 할머니, 큰어머니를 비롯한 숙모들, 우리 고모, 사촌 올케들 모두 학교 교육을 받지 않으신 분들이다.

망국(亡國)의 유생(儒生)인 할아버지는 사랑방에 서당을 차리고 아이들을 가르치면서 평소 익혔던 한방(韓方)으로 한약국을 경영하며 그 많은 식구를 먹이시고 당신 아드님과 손자들을 소학교, 중학교, 전문학교까지(그때는 대학이 없었다) 공부를 시키고 집에서는 『사서삼경』을 통독하게 하며 훈도하셨다. 대인의 길, 군자의 도를 역설하셨기에 남자들은 언행이 진중했고, 사려 깊었다. 그래서 남자들은 여인들보다 훨씬 출중했고 모든 대소사는 바깥어른들이 주관했다. 내가 경험한 남자들은 모두 '잘났'다. 나는 남자는 다 그런 줄 알았다.

결혼하고 얼마 안 되어 남편을 알게 되면서 '이건 아니다'라는 생각이 들기 시작했다. 신혼여행에서 돌아와 가까이 살고 계신 시부모님께 아침 문후를 드리러 다녔는데 첫날 시모님께서 “네 남편에게는 되도록 언짢은 일은 말하지 말아라. 그리고 아무것도 버리지 말거라” 하셔서 나를 놀라게 했다. 내 주위에, 내가 보아온 남자와는 너무 거리가 먼 남편이었다.

남편은 착하고 성실하고 희생적이었지만 살면서 ‘이건 아니다’만이 이어졌기에 신혼의 설렘이나 기대, 희망보다는 작은 돌덩이 하나가 내 속에 자리 잡았고, 그 돌은 세월이 가면서 스스로 자라 점점 큰 바위가 되었다.

결혼이란 ‘둘’이 하는 것이 아니라 ‘넷’이 하는 것임을 내가 진즉에 알았다면 내 결혼 생활이 훨씬 달라졌겠지만, 나는 그 말을 갈등의 혼인 생활 50년이 지나서야 알았으니 개탄을 한들 도리 없는 일이다.

아기는 생후 13개월에 아우를 보았다.

백일이 지나면서 젖엄마의 젖을 먹었다. 유모는 백일이 좀 지난 자기 아이가 있는 엄마였다. 제 아이에게 젖을 남겨주기 위해 아기에게 젖을 충분히 주지 않았다. 아기는 늘 충족되지 않았다. 허기, 결핍은 아기의 체질이 되었다.

연년생 동생과 그 아래로 두 살 터울의 동생이 다섯이었다. 집안이 시끄러워지면 꾸중은 언제나 큰아들의 몫이었다. 사내 동생은 특출났고, 여동생들은 사나웠다. 자연히 큰아들은 소심하고 소극적이고 자신 없는 성격이 되어갔다.

어머니에게 칭찬받는 일이 제일 좋았다. 어느 날 손님이 사탕 사먹으라며 모두에게 돈을 주었다. 동생들은 뛰어가서 과자를 사먹었는데 큰아들은 꼭 쥐고 있다가 어머니에게 드렸다. 어머니는 크게 칭찬하셨다.

그 칭찬이 처음이었고 자기 때문에 기뻐하는 어머니를 보는 것도 처음이었다. '돈은 가장 소중한 것. 절대로 쓰면 안 되는 것.' 일생일대 좌우명이 되었다.

서른한 살. 누구의 눈에도 단정하고 착실한 어른이 된 남편 안에 이 모든 특성의 '자라지 않은' 어린아이가 싱싱하게 살아 있었다. 그 자라지 않은 어린아이의 실체를 짐작도 못 하는 아내인 나는 당황하고 절망했다.

내 안에도 '자라지 않은' 어린 내가 있다.

내 나이 열 살 때 열여덟의 둘째 언니가 사고로 세상을 떠났고, 그 2년 후 열여섯의 셋째 언니가 병사했다.

극심한 애통으로 아직은 젊은 어머니는 통곡으로 사셨다. 어머니의 곡소리가 진저리 나서 나는 학교가 끝나도 집으로 가지 않고 길에서 방황했다.

자식은 죽어서는 안 되는 존재구나. 자식을 잃은 고통보다 더 큰 것은 없는 것이구나. 나는 절대로 자식은 낳지 않을 것이다.

자식에 대한 불안으로 안절부절못하는 '어린아이'가 어른이 된 내 안에 살아 있었다.

자식은 절대로 낳지 않겠다던 나는 연거푸 아들을 넷을 낳았다. 그리고 자식을 신(神)으로 모시는, 건강하지 못한 어미의 길을 갔다. 남편은 소외되었고, 자기의 존재 이유인 '돈'에 제 목숨을 걸었다. 그리고 마침내 여든다섯 되던 해 목숨보다 더 소중한 돈을 잃고 무너져 폐인이 되었다.

무너져 폐인이 되어 한 마리 짐승처럼 처참해진 남편에게서 나는 처음으로 남편 속에 있는 '자라지 않은 아이'를 발견했다. 그리고 자식 때문에 전전긍긍하느라고 남편을 투명인간으로 만든 '자라지 않은 나'를 발견했다. 나는 두 사람 속에서 울고 있는 두 '자라지 않은 아이'를 깊이깊이 포옹했다.

내가 간병을 한 것은 병든 노인이었지만 내가 어루만진 것은 노인 속의 어린아이였다. 내 속에서 자라지 않은 '어린아이'가 병든 노인 안에 있는 그 '어린아이'에게 보내는 속죄였다.

팔십 세 여자 노인이 감당하기에는 절대 무리라고 만류하는 모든 이의 반대를 뒤로하고 환자를 데리고 집으로 퇴원했던 이유였다.

올해 노인은 여든아홉 살, 아홉수에 와 있다. 이제 남편의 일생에서 '아홉수'는 다시는 없을 것이다. 사람의 수명을 아무리 알 수 없다고 하지만, 지병이 있는 환자인 그가 99세까지 생존할 수 없기에 올해 여든아홉이 마지막 아홉수일 것이다.

나는 일흔아홉 살 아홉수에서 가당치도 않게 '아름다운 팔십 여인'을 꿈꾸었다. 그 경험을 토대 삼아 지금 또 다른 아홉수에서 당찬 씨름을 하고 있다. 그것은 여든아홉 살이 된 남편의 아홉수에서 포부랄까? 한 소원에 도전하는 것이다.

85년 동안 한번도 행복하지 않았던 가엾은 남자. 늘 뒷전으로 밀렸던 외로운 인생. 모진 병을 얻고서야 비로소 아내의 사랑을 받아본 여든아홉의 노인에게 이 '아홉수'에서 넘치는 사랑, 넘치는 평화, 넘치는 자유, 넘치는 기쁨, 넘치는 감사를 넘치도록 향유하면서 아홉수를 마감하고 아흔 살 고지에 오르게 하고 싶은 소망이다.

부활절 특별 새벽기도회에서 HB 건강방의 동무였던 그 교우를 또 만났다. 언제나처럼 반가운 인사를 보낸다.

"모습이 너무 좋으세요. 행복해 보이시구요. 비결이라도 있나요?"

그녀가 묻는다. 나도 웃으면서 대답한다.

"아홉수잖아요? 새로운 전환점을 준비하는……."

놋수저

새해가 된 지 닷새째 되는 날이다. 늦잠을 자고 일어나 아침상을 차린다.

등교할 학생도 출근할 직장인도 없는, 두 노인이 사는 집의 아침은 늦게 시작된다.

마음껏 자다가 일어나면 해는 이미 중천에 뜨고, 정남향에서 동쪽으로 살짝 기운 거실에는 한겨울의 햇살이 비추기 시작한다. 이윽고 조반 준비가 다 되어갈 즈음에는 식탁까지도 햇볕이 들어온다.

"오, 밝은 햇빛…… 오 솔레미오" 노래를 부르며 식탁에 수저를 놓는다. 놋수저이다.

남편이 의아해한다.

"어제 내 친구 아무개가 우체국 택배로 보낸 것이잖아요?"

"아, 그거?" 이 양반은 단번에 기억을 못 한다. 설명을 하면 그제야 알아낸다.

그게 어디랴? 나는 답답해하지 않고 자초지종을 친절하고 명랑하게 이야기한다.

1936년생인 우리는 1959년도에 대학을 졸업했다. 졸업하자마자 결혼한 친구들은 2019년인 올해가 결혼 60주년이 된다. 이른바 회혼(回婚). 남남끼리 만나, 가정을 꾸리고 60년을 산 세월은 대하드라마다.

평균 수명이 짧았던 그 옛날 회혼례는 경사 중의 경사였다. 마을 전체의 잔칫날이다. 60년을 살았다고 누구나 회혼례를 치를 수 없었다. 우선 두 양주가 생존해 있어야 하고, 슬하의 자식을 잃지 않아야 한다. 100세 시대인 오늘날에도 회혼은 쉽지 않다. 수명이 길어졌다고는 하나 혼인 연령 또한 늦어졌으니 만혼인 경우 100세 가까이 되어야 회혼을 맞이한다.

친구가 보낸 선물은 안성유기로 만든 놋수저 다섯 벌이었다. 자녀들의 이름으로 보냈다. 실제로 자녀들의 뜻이라고 한다. 이 친구의 아이들은 모두 미국에 살고 있다.

어린 시절에 유학하여 공부를 끝내고 그곳 주류 사회의 일원이 되어 있다. 부모님 곁에 가까이 있지 못한 것이 자식들의 마음에선 늘 죄송할 뿐이다. 회혼의 해라고 하여 부모님이 장거리 비행으로 오실 수도 없고, 자기들이 똑같이 시간을 내어 귀국할 수도 없다. 그리하여 멀리 떨어져 있는 자기들 대신, 부모님 곁에서 의지가 되고 있는 친구 분들께 감사의 마음을 전하는 선물이었다. 곡진한 인사말을 써서 넣었다.

우리 집의 오늘 아침은 콩죽과 깍두기다. 서리태의 검은 껍질을 벗기면 완두콩 빛의 속살이 나온다. 불려서 삶은 뒤 곱게 갈면 연두색이 곱디곱게 끓어오른다. 나는 이 색에 매료된다. 봄 아지랑이 같고, 열두 살 소녀의 봉긋한 젖무덤 같다. 나는 터무니없게도 이미 떠나고 없는 아득한 옛날의 내가 되어간다.

빨간빛 깍두기는 희망이다. 4년 만에 남편이 처음으로 먹게 된 고춧가루이다. 와병 중에 혓바닥이 논두렁같이 갈라졌다. 의사도 곤혹스러워했다. 그런데 이제는 육개장도 김치찌개도 입맛을 다셔가며 든다. 그래서 매운 깍두기는 내게 기쁨이다. 아삭거리며 씹히는 소리는 멜로디가 따로 없다.

남편이 숟가락으로 연둣빛 죽을 뜨고 젓가락으로 빨간 깍두기를 집는다. 마침 식탁으로 찾아온 햇살이 윤택이 도는 놋에 반사되어 거울처럼 비친다. 스테인리스가 나오기 전에 대부분 가정에서 여름에는 사기, 겨울에는 놋그릇을 썼다. 간수하기 까다로운 놋그릇은 부지런한 주부의 손길에서나 광택을 냈다. 제2차 세계대전 말기에 일제는 군수품 제작 명목으로 조선 가정의 놋그릇을 수거해갔다.

놋그릇에는 이런 역사적 수난이 있었지만 그보다는 가난했던 시대를 말해주기도 한다.

닳고 닳아 한쪽이 모지라지고 바닥이 종잇장처럼 얇아진 놋숟가락. 감자 까기 좋고 생강 껍질 벗길 때도 구석구석 잘 벗겨져 훌륭한 살림도구가 되었지.

그 숟가락을 보면 일만 하다 볼품없이 늙어간 옛 어머니들, 그리고 밥이 부족해 아쉽게 숟가락을 놓아야 했던 허기(虛飢)의 세월이 떠오른다.

부지런히 수저를 들고 내리는 남편을 보고 내가 말한다.

"여보, 왜 수저로 선물을 삼았을까? 내가 알 것 같네!"

"왠데?"

"당신이 수저로 식사하는 모습을 보고 문득 깨달았네~."

지금처럼, 이렇게 주욱~ 식사하실 수 있으라는 것. 그것이 바로 삶의 기본, 생명의 본질이라는 것. 이 세상을 떠나는 날까지 내 손으로 수저를 잡고, 씹어서 삼킬 수 있는 것. 이 기능을 빌어주는 의미가 아니었을까? 그러니까 사는 날까지 건강을 기원해주는 것. 그래, 친구야 알았어. 우리 모두 이 수저를 부지런히 놀려서 닳고 닳아 감자도 깎고, 생강 껍질을 벗길 때까지 건강하게 살자꾸나.

반짝반짝 놋수저가 빛을 낸다. 나는 소중하게 감싸 안는다.

나의 회혼은 3년 후이다.

천국에서 산다

아들이 뽀얗게 끓여온 사골육수가 남아 있기에 칼국수를 하려고 밀가루 반죽을 하고 있는데 초인종이 울린다.

"누구지? 이 시간에……. 당신이 좀 나가보세요."

부엌에 나와서 아내가 국수 만드는 것을 구경하고 있는 남편에게 부탁한다. 문을 연 남편의 "아이구! 감사합니다"라는 큰 소리가 들린다. 아래층 후배가 또 무얼 보냈구나, 생각하고 있는데 남편이 검은깨 묵과 찐 옥수수를 들고 들어온다. 그러면서 말을 한다.

"빨리 전화해! 잘 받았다고, 고맙다고……."

27년 전 같은 빌라에 입주하여 살고 있는 이웃사촌이다. 반

상회 때 여고 17년 후배인 것을 알았다. 동문회의 마스코트로 선후배의 사랑을 받고 있는 여인이다. 궂은일에 앞장서고 필요한 곳에 기분 좋은 희사를 한다. 나눔도 소질이라 할 수 있다면 그 방면에 특출난 재주를 타고났다. 수시로 우리 집 초인종을 울려 케이크 한 쪽이라도 올려 보낸다.

방망이로 반죽을 밀다가 말고 잘 먹겠다는 문자를 보낸다. 잠시 후 후배의 길고 긴 카톡을 받는다. 대장암 수술을 하고 섭생 중인 남편의 식사 준비를 하면서 그녀 또한 대장암 수술을 받은 걸 알고 한 그릇씩 내려 보낸 것에 대해 지극한 감사를 담은 문자이다.

나는 솔직히 음식을 잘할 줄 모른다. 내가 먹어본 것밖에는 할 줄 아는 게 없다. 그저 내가 할 수 있는 것은 어머니가 해주셨던 음식뿐이다. 정말 올드하다. 그런데 후배는 그 보잘것없는 음식을 너무너무 과하게 띄워준다.

"꿈속에서도 그리운 친정엄마의 맛이에요. 선배님의 음식을 대하면 행복해져요!"

아마도 일 년 넘게 한 가지라도 즐겁게 나눌 수 있었던 것은 후배가 맛있어하고 좋아해주었기 때문일 것이다. 내가 만든 음식을 후배처럼 맛있어한 사람은 아무도 없다.

오늘 아래층 후배가 연거푸 카톡을 보낸 것 중에 내가 미소를 지었던 부분은 "할아버님을 문간에서 삐죽 뵈니, 어머나! 검은 머리색과 젊어지신 얼굴에 미소도, 음성도 우짜스까나요~ 탄력도 보이십니다. 우짜스나까요"였다.

맞다. 이 노인이 금년 89세. 병을 얻은 85세에서 89세까지 4여 년간이 생애 최고의 해이다. 4남 3녀의 맏이로 태어났으나 형제 중 제일 빠진 애로 낙인 찍혀, 열등감이 체질로 굳어진 콤플렉스 덩어리. 결혼이란 걸 했지만, 아내는 그런 자기에 대해 절망하고……. 태어나는 아이들 뒤로 밀리고 또 밀리는 소외감……. 한번도 누군가의 사랑을 받아보지 못하고 지냈던 85년이다.

외롭고 쓸쓸했던 이 노인이 그 외로움에 지치고 눌려서 폐인처럼 허물어졌을 때 나는 정신이 번쩍 들었고, 남편의 병이 나 때문이라는 자책에 환자보다도 내가 더 무너졌다. 대형 종합병원 입원 한 달간 내가 간병인으로 들어가 그의 침상을 지켰다. 나는 하나도 힘들지 않았고, 이보다 더한 일을 하기를 소망했다. 그것만이 교만했던 나를 용서하는 길이었으니까. 이렇게라도 할 수 있는 일이 감사했으니까…….

요양병원으로 옮긴 뒤로는 더 힘들었다. 시간이 지나 웬만큼

병증이 잡히는 기미가 보여서 서둘러 집으로의 퇴원을 강행했다.

퇴원 후 나는 환자의 음식 섭생에 전력을 다했다. 제시간에, 일정량을, 골고루……. 이 세 가지를 우선으로 하고 투약 시간도 병적으로 지켰다. 무엇보다 그가 살아나준 것이 얼마나 고마운지, 쓰러진 채로 떠나지 않은 것이 얼마나 큰 감사인지 활기차고 행복한 마음으로 임했다. 그러자 한 달, 두 달 점점 이 노인이 회복되는 거다. 소변, 대변이 정상으로 돌아오고……. 누구도 믿을 수 없는 일이 이 노인에게 일어나는 거다. 지병이었던 고혈압, 당뇨, 요실금이 안정을 보였다. 병든 몸이 되면서 평생 동안 받아보지 못한 사랑을 원도 한도 없이 받고 지낸 것이 노인에게 작은 기적을 가져다준 것인가.

육신의 병은 나았다고 하지만 늙은 남편의 정신이 온전치 않다. 혼미한 기억력, 인지력의 퇴화. 그러나 나는 이마저 감사하다. 총명을 잃었기에 욕망을 잃었고 욕망을 잃었기에 분노도 잊었다. 어린아이같이 되었기에 마음이 평화롭다. 세상에 미련이 없다.

맛있는 밥과 늙은 아내만 있으면 천국인 노인. 이 노인이 천국에 살고 있어서 같이 사는 나도 천국에 산다. 나는 가장 초라한 지금, 천국에서 살고 있다.

야래향

노부(老夫)는 저녁밥 먹고 7시 반쯤 잠에 들면 아침 8시에 깬다. 열두 시간을 내처 자는 것이다. 중간에 두 번쯤 화장실에 가는 눈치이다. 아침식사는 보통 약 먹는 것까지 합쳐 9시 15분쯤에 끝난다. 그때부터 12시 반까지 또 잠을 잔다. 합쳐서 몇 시간이 되려나? 열다섯 시간이 넘는다.

아침 설거지 끝내고 나면 점심때까지 시간이 넉넉하다. 커피 마시고, 신문 읽고, 대충 청소기 돌리고, 점심 준비하고…… 그리고 잠자는 노인의 얼굴을 찬찬히 본다.

저 잠의 내용이 뭘까? 육신이 힘들어서 지친 휴식인가? 무호흡증이라도 있는가? 수면이 아니라 가수면 상태에서 어떤 딴 세상을 유영하고 있는 걸까? 도무지 궁금하다.

겉으로 보기에는 호흡도 고르고, 지극히 평화롭다.

화장실에 가거나 물을 마시기 위해 침대에서 내려올 때 묻는다.

"당신, 꿈 같은 거 꿔요?"

"별로……."

한 달도 아니고 두 달도 아니고, 수년을 주야장천 잠을 자는데 꿈을 전혀 꾸지 않는다는 것은 무슨 의미일까? 삶에서 소망을 갖고 있지 않으니 무의식에서도 꿈이 없어지는 걸까?

"깨어 있을 때 그야말로 주야장천 티브이 보고 있는데, 잘 때 그것도 안 보여?"

"응……."

뇌에서 생각하는 부분이 아예 없어졌는지도 모른다.

"편해서 좋겠수. 그래서 얼굴이 그리 어린아이 같아지나?"

엊그제 토요일이다. KBS 주말극 〈세상에서 제일 예쁜 내 딸〉을 같이 보고 있던 남편이 "저 노래 좋네~" 하는 것이다. 주제가인 등려군의 〈야래향夜來香〉을 가수 주현미가 우리말로 가사를 바꿔 부르고 있다.

"참 노래 좋다." 남편이 거듭 말한다. 곡이 좋다는 것인지 노랫말이 좋다는 것인지, 하여튼 그 '좋다'라는 말이 반갑고 듣기 '좋았다.' 유튜브를 검색하여 주현미의 〈야래향〉을 찾았다.

가사가 마음에 와 닿았다. 부지런히 적는다. 노래도 따라 불러본다. 남편에게 불러주려고 연습을 한다. 그러려면 근사하게 표정도 지어가며 부르는 것이 효과가 있을 것 같아서 가사를 외우는데 자주 헷갈리고 잘 외워지지 않는다. 나이 먹은 것을 실감하지 않을 수 없다. 그러나 내가 누구인가? 썩어도 준치라고, 늙었지만 젊어서는 한때 제법 똑똑하지 않았는가. 2절까지 줄줄 노래를 불러가며 다 외웠다.

요양사가 1시 반에 와서 4시 반에 가니 남편의 잠 시간은 오후 1시에서 멈춘다. 그녀가 오지 않는 일요일에도 수면 주기가 1시 반부터 5시까지는 작동하지 않는다.

오후 2시. 남편이 거실 소파에 나와 앉아 있다.

"당신, 노래 불러줄까?"

"무슨 노래?"

"당신이 주현미 노래 좋다고 했잖아?"

"내가 언제 그랬어?"

그러거나 말거나 나는 무대 위의 가수처럼 손을 맞잡기도

하고 한 손으로 제스처도 하면서 노래를 불렀다.

꿈처럼 아름답던 날, 그날에 날 담아보네/ 언제나 내 맘속에 그림처럼/ 숨 쉬는 꽃잎의 향기 같아~/ 언젠간 잊혀지겠지? 그런 게 인생인 거야!/ 아련한 기억 속에 묻어둔 시(詩)처럼/ 자꾸만 흐려지네~ 가만히 뒤돌아보니 우리가 걷던 그 길엔/ 꽃잎은 피고 지고, 계절은 또 바뀌고/ 내 모습도 또 바뀌는데/ 되돌아갈 순 없겠지? 그런 게 인생인 거야!/ 지금 난 행복하네. 꿈꿔오던 향기가/ 내 앞에 춤을 추네.

남편이 듣는지 마는지 상관없이 내 스스로 빠져들어, 내가 가사에 취해버려 두 번 세 번 불렀다. 밥상을 차리면서도 불렀다.

저녁밥을 남편이 꿀같이 먹는다. 그 모습을 보니 내게 포만감이 인다. 아이들 기를 때 맛있게 먹는 애들을 보면 내가 안 먹어도 배가 불렀지. 남편이 아니라, 병든 자식이다. 성치 않아서 더 애가 타는 아픈 손가락이다.

"노래, 한 자락 더 불러드리리까?"

"됐어, 됐어. 그만……."

일요일, 우리 집의 저녁 풍경이다.

교회 가는 길

내가 다니는 교회는 우리 집에서 내 걸음으로 20분 거리에 있다. 큰길 하나를 건너야 하는데 신호등이 빨간불이면 25분이 걸린다. 나는 대문을 나서는 순간부터 기도를 한다. 걸을 때의 기도가 가장 분심(分心)이 없다. 아침 기도와 열세 식구의 이름을 호명하며 오늘 하루도 선하게 인도해주실 것을 부탁드린다. 감사로 마무리하고 나면 10분 거리에 와 있다.

그 이후 10분에서 25분 사이의 거리에서 나는 철학자가 된다. 그 짧은 동안에 많은 생각이 머리에 꽂히고 그 생각을 붙잡고 귀가 후에 하루를 보낸다. 오늘은 느닷없이 10년 주기로 바뀌었던 내 지난날이 떠올랐다. 그래서 지금 집에 돌아오자

마자 그 세월들을 풀어본다.

10대와 20대: 그저 주어진 수순이었다. 좋은 부모 만나서 별 고생 없이 자랐고, 좋은 중학교, 좋은 고등학교, 좋은 대학을 나와 좋은 조건의 배우자를 만났다.

30대와 40대: 아이 넷을 낳아 자식을 신(神)으로 삼으며, 그 신의 충직한 신도로 살았다. 불행하지는 않았지만, 행복하지도 않았다. 특별히 감사하지도 않았다. 조건이 좋아 선택한 배우자는 조건만 맞았을 뿐 그 외의 것은 너무도 달라서 내적 갈등의 시기였다. 다행인 것은 정도가 아닌 것에는 곁눈도 돌리지 않도록 가르침을 받았던 가정교육 덕에 방황을 잠재웠다.

50대: 획기적인 변화를 겪는다. 수필문단에 등단하고 가톨릭 영세를 받았으며, 그 후 개신교로 개종한다.

60대: 관계의 정점을 이루는 삶을 살았다. 아이들이 결혼하여 분가했고 마침내 모성이라는 종교에서 해방된 시기다. 초등학교 동창, 중고등학교 동창, 대학 동창 그리고 문단에서 교류한 문우와의 우정, 교우들과의 교통이 가장 풍성한 때였다.

70대: 한번도 생각해보지 않았던 한국 춤의 세계로 빠져들어 60대에 이룬 인연들을 멀리하며 오로지 우리 춤에 매료된 나날을 보냈다.

80대: 이 나이에 들어서자마자 처음으로 인생의 쓰나미를 겪는다. 배우자의 병고(病苦)이다. 노인의 병을 치유할 능력도, 낫게 할 힘도 나에게는 없다. 다만 그와 '함께'할 뿐이다. 요양 보호사가 돌보러 오는 세 시간을 제외한 모든 시간을 오로지 나는 병든 이와 '한 몸'이 되어 생각하고, '함께' 낙망하고, '함께' 기뻐한다. 그리고 '함께' 감사한다.

90대: 알 수 없는 미래이다. 아마도 90대 초입에는 살아 있을 것도 같고, 아니면 그 이전에 떠날 수도 있다. 다만 어느 때가 되든 아름다운 결말이기를 기도한다.

집으로 오는 길목에 제과점이 있다. 제일 작은 케이크를 샀다. 초는 하나, 나를 위해 밝힐 초다. 염(念)도 없고, 원(願)도 없는…… 공(空)과 평화(平和)뿐인 내 노년을 자축하기 위한…….

길 위에서 나는 나를 만나고, 나를 점검하고, 나를 비운다.

두 노처(老妻) 이야기

"애들이 다녀가면 내 마음이 지향 없이 서글퍼." 내 외사촌이 말을 한다.

12층에서 내려다보면 주차장으로 내려가는 그애들의 뒷모습이 보이는데 차 안으로 들어가 떠나갈 때까지 베란다에서 마음을 달랜다고 한다.

"사촌은 안 그래? 자식 사랑이 나보다 더했잖아?"

"안 그래~ 나는……." 대답을 하면서 내가 언제부터 아이들 때문에 서글프지도 애잔하지도 않은 비정(?)한 어미가 되었는지 자문해본다. 아마도 결혼하고 떠난 이후가 될 것이다. 체념이 빠른 성격이니까…….

애들이라면 껌뻑 죽는 젊은 시절을 보냈다. 어린 시절, 언니들이 떠나갔던 트라우마가 있는데다가 젊은 아내인 내 가슴에 늘 서늘한 바람이 불어, 아이들을 향한 도 넘치는 사랑만이 살아갈 힘이었다. 참으로 건강하지 못한 모성이었고, 따라서 건강하지 못한 가정이었다. 아마도 그 피해는 고스란히 애들에게 돌아갔지 싶다. 반성한들 되돌릴 수 없는 실패한 부분이다.

외사촌은 나와 동갑이다. 아홉 살 때부터 만나면 이야기가 끊이지 않았다고 기억하는데, 여든네 살인 현재까지 일가친척을 통틀어, 아니 친동생보다도 더 친하게 지내고 있다. 수필문단에서 알아주는 실력자이고, 실력보다도 인품으로 많은 수필가들의 존경을 받고 있다.

어머니는 당신의 조카딸을 대견해하시고 귀애하셨다. 그리고 그 조카는 고모인 내 엄마가 자기의 롤 모델, 멘토였다고 늘 말한다.

나는 정말 엄마가 맘에 안 들었는데 조카딸은 그런 엄마를 우러러 닮고자 했다니!? 그래서인지 살림 솜씨나 음식 솜씨가 내 엄마를 꼭 닮아서 특출나고, 부지런하고, 몸을 사리지 않고, 쓸고 닦는 데 온 정성을 다해 그 깨끗하기가 우리 엄마 그대로이다. 내 어린 시절을 쓸쓸하고 질리게 했던 우리 엄마와…….

어머니는 지금 생각해도 '더할 수 없이 대단한 여인'이셨는데 나는 왜 엄마가 싫었을까? 남들에게는 안 그러면서 딸들에게 엄격했고 참 불편하게 하셨다. 나는 정갈하기보다 풀어진 엄마를 바랐고, 맛있는 음식보다 따뜻한 말을 원했다. 엄마에 대한 심정적 거부로 나는 '엄마의 반대되는 딸'로 자랐다. 따라서 불행하게도 나는 엄마의 좋은 점을 하나도 닮지 못했다.

사촌과 나는 같은 해에 남편들이 병을 얻었다. 우리가 넉 달 반의 병원 생활 끝에 퇴원하고 얼마 안 되어, 사촌의 남편도 입원을 했다. 내 남편은 정신신경계통의 뇌가 고장을 일으켰고, 그 쪽은 위, 심장, 혈관 등 내과였다.

이후 우리의 대화는 문학, 철학, 역사에서 오로지 음식이 주제였다. 내과에서 퇴원할 때 식단을 받았는데, 철저한 성품의 사촌은 교과서처럼 그 식단을 달달 외워 한 치의 오차 없이 삼시 세끼와, 두 번의 간식을 차리는 것이다. 게으르고, 일 싫어하고, 대충대충인 내가 4년 넘게나마 남편의 조석상을 차리는 것은 옆에서 철두철미하게 환자식을 만드는 외사촌을 보고 배운 것이다.

내 남편은 우리 나이로 여든아홉, 사촌의 남편은 여든일곱

이다. 두 사람이 다 상노인이다. 아흔 살 가까이에서 뇌가 고장 났든, 오장육부에 탈이 났든 증상이 대동소이하다. 우리는 서로 하소연하고, 서로 위로하고, 격려하지만, 같은 상황에서 서로 다르게 대응한다. 포기하는 아내가 주는 편안함, 낫게 하려고 애면글면하는 아내가 주는 스트레스.

아이들이 다녀가는 뒷모습에 하염없이 서글퍼하고, 우울해서 며칠간은 견딜 수 없다는 섬세한 사촌과는 달리, 떠나버린 애들에게 무감각일 정도로 무심한 것처럼 노환의 남편에게도 나는 무덤덤하다. 다만 그와 '한마음'이 된다. 같은 마음이 되어 낙심하고, 같은 마음이 되어 감사한다.

환자인 두 양반은 누워서 잠을 자는 게 소일의 전부다. 우리 집 양반이 더 심하다. 하루에 열다섯 시간 넘게 잔다. 꿀처럼 달게 잔다. 그 댁 양반도 잠을 잔다. 우리 집 양반보다는 훨씬 덜 잔다. 나는 잘 자게 놔둔다. 잠을 자면 뇌세포가 망가진다는 걸 알지만, 그가 좋아하니 나도 좋다. 편히 자라고, 잘 자라고 토닥이기까지 한다.

사촌은 성화를 해댄다고 한다. 억지로라도 일어나라고, 의지의 문제라고, 스스로 갱신하려는 노력이 부족한 것이라고 끝없이 잔소리를 해대느라 자기 기운이 소진된다고 한탄한다.

"그러지 말아. 그런다고 고쳐져? 서로 힘만 들어. 그냥 인정하자." 나는 충고한다.

"잠자는 것보다 간병하는 이를 편하게 하는 것이 어디 있니? 아프다고 괴로워하면 그건 더 감당하기 힘들지. 아이들이 갓난아기 때 말이야, 하루 스물두 시간씩 잠을 자면 얼마나 예쁘고 편했어? 그동안 빨래하고, 청소하고, 반찬 만들며 외려 깰까 봐 걱정했잖아? 그렇게 생각해."

"나는 그게 안 되네~. 화가 나서 미치겠어!!" 사촌이 말한다.

"편한 줄 알고 감사하게 생각하자." 내가 대답한다.

외사촌의 남편이 산책을 다녀온 뒤, 별안간 방광에 문제가 생겼다. 소변이 마려운지도, 나오는지도 모르고……. 변기에 앉았다가 일어서지를 못해 억지로 부축하여 침대에 눕히니 그 날부터 30분마다 깨어 소변을 보겠다고 보채어, 밤에 한숨도 못 자고 시중을 들자니 자기가 먼저 쓰러질 것 같다고 하소연한다.

"당신 말이 맞았어. 잠자는 것이 최고로 편한 일이라는 것 말이야. 그래도 나는 채근하고 일으켜 세울 거야."

언제나처럼 나의 남편은 아내의 지원(?)을 받으며 꿀 같은 잠을 열다섯 시간 넘게 잔다. 중간중간 요의가 느껴지면 화장실에 가서 볼일 보고, 아침 점심 저녁 때맞추어 식탁에 앉아 맛있게 일정량을 든다. 얼굴빛이 복사꽃처럼 화사하다. 이게 어디냐?

이 이야기를 들은 사촌이 말을 한다.

"내가 아무래도 악처인가 봐!"

"아니야. 악처는 나지! 환자가 하자는 대로 그냥 놔두는……." 내가 대답한다.

일 년이 지난 지금 누가 악처인지 분명해지는 상황에 직면하게 되었다. 뇌신경이 상한 환자와 내과 질환의 환자라는 차이인지는 몰라도 사촌의 부군이 건강을 회복한 것이다. 환자가 원하는 대로 방치한(?) 내가 악처임이 증명된 것.

"축하해, 사촌. 존경하네! 악처가 아무나 되나?"

간병에도 게으른 나를 반성하며, 나는 이렇게 축하해주었다.

멈추며 흐른다

"부군은 요즘 어떠하시니? 그대는 어떻게 지내고?"

내게 오는 전화는 모두 이 말뿐이다. 병든 90세 노인을 85세의 노인인 내가 병 수발을 하고 있으니 염려가 되어서 하는 말들이다.

"잘 지내. 노인 양반 건강하고, 전혀 나를 힘들게 안 하니 환자와 살고 있다는 것을 잊을 만큼……." 나의 대답도 늘 같다.

"응, 아주 편안하고 고요해. 멈추면서 흐르는 물처럼 말이야."

무슨 선문답?!이냐고 반문하는 친구에게 나는 긴 설명을 한다.

남편의 하루는 완전 규칙적이다. 사관학교에 비유하면 맞으려나? 정해진 식사 시간에 맞추어 하루 일정이 순서대로 이어진다. 아침에 깨어나서 저녁에 잠들기까지 하루의 일상이 질서정연하다.

우선 삼시 세끼 식사 시간이 정확하고 세 번 약 먹는 시간에도 오차가 없다. 식사량은 더 먹지도 덜 먹지도 않고 일정량이다. 하루도 입맛을 잃은 적이 없고 꿀잠을 잔다. 퇴원하고 5년이 되어가는데 체한 적도 없고 기침 한 번 하지 않았다. 몸이 아픈 곳이 아무 데도 없다.

요양 보호사가 와 있는 세 시간 동안은 이런저런 대화를 잘 이어나간다. 아내와의 소통에도 전혀 문제가 없다. 혼자서 화장실 다니고, 부실한 걸음이지만 집 안에서 걸어 다니는 데 지장이 없다. 상대를 배려하는 마음이 지극하고, 분노하거나 울적하지도 않다. 이 사람이 환자일까, 아닐까? 헷갈리기도 한다. 환자이기도 하고 아니기도 하다. 몸이 안 아프니 환자가 아닌 것이 맞는데 하루 세 번 한 움큼의 약을 먹으니 환자인 것도 분명하다.

날짜와 요일을 모르고, 시간과 장소가 혼동되고, 5년 동안 전화를 걸어본 적이 없기 때문에 걸지 못하고, 문밖에만 나가면 방향 감각을 잃는다. 아내가 샤워를 늘 해주니까 이 닦고 세수하는 것을 잊어버렸다. 특별히 기쁜 것도 없지만 슬픈 것도 없다. 소망도 없지만 절망도 없다. 아침저녁 약을 먹으니 어딘가 아주 중요한 부분이 크게 고장 난 위중한 환자임에 틀림없다.

어찌 보면 도인의 경지 같다. 세상에 속해 살면서 세상이 주는 희로애락, 성취 욕구와 이상…… 모든 것이 멈춰버린…….

잠시, 멈춤의 미학에 압도된다. 노환의 남편이 보여주는 저 멈춤의 정체는 무엇일까? 본인에게는 지극한 평화이나 옆의 사람을 한없이 답답하고 암담하게 하는 것? 아니, 그것 이상일 것 같다.

물이 신선하기 위해서는 흘러야 하지만 고요하려면 멈춰야 하듯, 멈추어 고요해진 물이라야 대상을 바르게 투영하듯, 늘그막의 멈춤은 젊은 날의 자기를 비춰보라고 그리고 반성하고 사죄하라고 자연스럽게 저리 멈춰지는 걸까?

바닷물이 머물러 있는 것 같지만 실은 끊임없이 흘러 어제의 물이 오늘의 물이 아니듯, 인생 노경에서의 멈춤도 정지가 아니라 어딘가로 흘러가는 하나의 과정임에 틀림없다. 멈추고 있는 것이 완성으로 가는 길목인가.

멈춰 있는 노환의 남편 곁에서 아직은 건강한 내가 함께 멈추며 흘러간다.

모처럼의 나들이

어제 교회 상록수학교에서 가을 야유회를 갔다. 해마다 가는 연중행사이다.

나는 5년 만에 참석하여 모처럼 서울을 떠나보았다. 2015년, 남편이 병으로 눕게 되자 나의 생활 반경은 집 근처인 신사역, 논현역, 학동역 근방이 전부였다.

요양 보호사가 와서 머무는 세 시간 동안만 외출이 가능했으니까……. 시외버스는 고사하고 시내버스도 타보지 못했다.

노환의 남편이 점차 건강을 찾으면서 일상을 회복해갔지만, 내가 그 옆을 떠날 수 없는 것은 조금씩 나아졌다고는 하나 내가 늘 돌봐왔던 탓에 스스로의 생활을 못 한다. 친절한 아내(?)의 과잉보호로 '홀로 지내는 법'을 잊어버렸기 때문이다. 그래서 올해부터 조금씩 '보호자 없는 생활'을 시도해보곤 한다.

만약 나에게 문제가 생기는 날엔 어떻게 하겠는가? 어린아이 엄마 젖떼기 하듯 아내로부터의 이유(離乳)라고나 할까? 그러나 행여 넘어져 골절이라도 될까 봐, 늘 불안해서 곁에 있게 된다. 자연히 대부분 집에 머물며 두 노인네가 오손도손이 아니라 우순두순 살아간다.

내가 제법 괜찮은 아내 같지 않은가? 사실 전혀 그렇지 않다.

그러고 보니 결혼 생활이 58년이 되어간다. 둘 다 건강했던 53년간 나는 참 못된 아내였다. 남편을 사랑하지 않은 아내였으니까. 성실한 주부였을 뿐, 남편으로 인해 행복하지도, 남편을 행복하게 해주지도 않은 오만, 교만, 이기심으로 가득한 아내였다.

그러다가 남편에게 우환이 닥치자 나는 비로소 나의 '본질'을 보게 된 것이다. 늘 들어왔던, 그래서 타성이 되어버린, '원죄' '대속의 은혜' '죄 사함'이 우박 떨어지듯 머리와 심장을 강타했다.

심신이 망가진 남편 앞에서 나는 두려움이나 절망보다 '감사'에 몸을 떨었다. 못된 아내를 만회할 수 있는 기회와 시간이 허락된 감사였다.

대형 종합병원, 요양병원으로 옮겨 다니는 동안 내가 생각해도 나는 옛날의 내가 아니었다. 눈먼 이가 눈을 뜨고, 걷지 못하는 이가 걷는 일만이 기적이 아니다.

'생각이 바뀌는 것,' 이것이 기적이었다. 남편의 병고(病苦)를 통해 나는 정말로 행복한 아내가 되었고, 비록 병든 몸이지만 늙은 남편은 '지상에서 최고로 행복한 남자'가 되었다. 정말로 우리 부부는 늙고 병들고 가난해지면서, 젊고 건강하고 넉넉했던 시절에는 한번도 느껴보지 못했던 행복한 부부로 살아가고 있는 것이다.

우리가 찾아간 아산에 있는 '피나클랜드'는 외도에 해상 식물공원을 이룩한 분의 따님이 조성한 아름다운 동산이다. 아이들이 뒹굴고 놀기에 좋아서인지 유독 어린아이들이 많았다.

엘에이갈비로 맛있는 점심을 먹었고, 커피에 아이스크림, 간식, 팥떡 등 모든 것을 세심하게 준비한 스태프 분들에게 감사를 드린다.

나의 의상 설정은 '가을 여인.' 5년 만의 나들이기에 야유회이지만 멋을 부려보았다. 사진 속의 내가 행복한 소녀처럼 웃고 있다. 그 사진을 보며 남편이 지금 웃고 있다.

뒤늦은 동행

지하철 안은 양쪽 좌석에만 승객이 앉아 있을 뿐 서서 가는 사람이 없다. 모두 마스크를 썼다. 세균이 창궐한 도시에 할 수 없이 외출하게 된 사람들의 모습이다. 그 사람들 중에 90세 노인과 그의 노처가 앉아 있다.

좌석 앞면 벽에 정거장 이름이 뜰 때마다 노인이 말을 한다.

"여기서 내려야 하나?"

"내가 가는 곳을 모르니 찾아갈 곳을 안다는 당신이 알아서 내려야지요."

나의 말이다. 내 말 속에는 허탈과 답답함, 야유도 섞여 있다.

당황, 열패의 표정이 마스크로 가려진 노인의 얼굴에서 보인다.

그렇게 열다섯 정거장을 지났다. 요양사도 동행했다.

5개월 가까운 입원 생활 그리고 퇴원 5년 넘게 비교적 양호한 일상을 보낸 노인이 새해 들어 두세 번 '섬망증세'를 보였다. 착각 증상이라고나 할까? 한번 머리에 어떤 생각이 꽂히면 세상없어도 풀어내야 한다. 오늘은 35년 전에 돌아가신 당신 선친의 주민증을 지인에게 맡겼는데 찾아와야 한다고 막무가내로 집을 나선 것이다.

요양사는 1시 반에 와서 4시 반까지, 세 시간 근무이다. 2시 10분에 집에서 같이 나왔고 열다섯 정거장에 왔을 때 3시 30분이 되었다. 나는 머리로 계산을 한다. 앞으로 한 시간은 그녀는 환자하고 같이 있을 의무가 있다. 4시 30분에 그녀가 집으로 돌아갈 정류장에 도착할 수 있는 행선지를 머리로 계산한다. 이렇게 환자와의 외출도 그녀의 일인지라 4시 반까지로 동행을 끝내주려고 한다.

지하철을 두세 번 갈아탔다. 노인에게 길을 찾게 하려는 의도이다. 물론 35년 전 돌아가신 당신 아버지의 주민증을 맡겨놓았다는 그 지인의 집을 노인은 죽어도 찾지 못한다. 맡긴 적도 없고 그 지인은 이미 고인이 되었다. 그래도 찾게 해야 한다. 못 찾는다는 것을 본인도 알아야 하니까……. 밤늦도록 헤매게 하고 싶지만 4시 반까지 요양사가 내려야 할 정류장 용마산역에 가야 하니 부천행 지하철로 옮겨 탔다. 그녀는 용마산역에서 내리고 우리는 다시 논현역까지 왔다. 오후 5시 10분. 집에서 나온 지 세 시간이 지났다.

집을 나설 때부터 가랑비가 내리고 있었다. 논현역에서 지상으로 올라오니 빗줄기가 조금 굵어져 있다. 노인은 집을 나설 때 꼭 큰 가방을 들고 나온다. 오늘 집을 나설 때는 요양사가 가방도 들고 우산도 받쳐주었지만 여기서부터는 내가 가방도 들고 노인도 부추기고 우산도 펴야 한다.

나는 우산 펴는 걸 포기하고 작은 우산 두 개를 접어서 가방에 넣었다. 그 가방 안에는 작은 방석도 있다. 10미터 거리마다 다리에 힘이 없는 노인이 작은 그루터기에라도 앉아야 하기 때문이다. 오늘은 쉬어야 할 계단마다 비에 젖어 있어서 우산꽂이에 있는 비닐을 몇 개 뽑아 가방에 넣어두었다. 그래서 가방이 제법 무겁다.

한손에 가방을 들고, 다른 한손으로 넘어지려는 노인의 바지 혁대를 꽉 잡고 집으로 이어지는 언덕길을 걸었다. 비가 겉옷을 적시고 얼굴에 차게 내린다.

집에 오니 5시 35분. 몸이 으스스할 것 같아 잔치국수를 끓인다. 노환의 남편이 뜨겁게 훌훌 먹는다. 피곤한 기색도 없다. 그러면서 말을 한다.

"오늘은 못 찾았지만 다음번에는 꼭 주민증 받아올 거야."

우리 부부의 동반 외출은 손가락을 꼽아 헤아릴 정도였다. 친정 부모님께 세배 간 것, 친척들 결혼식에 간 것 말고는 없다. 아, 또 있다. 툭하면 사고를 일으켜 파출소에서 조사받고 있을 때 보호자로 서명하고 돌아올 때였다. 동반이라면 동반이겠지. 외식이라면 파출소를 나오면서 그 앞에 있는 분식집에서 냄비우동을 같이 먹은 것이 전부일 정도의 결혼 생활이었다.

돈을 벌어야 한다는 강박관념이 전부인 남편과 사내아이 넷을 키우는 주부는 부부 동반 외출이 필요하지도 않은 생활을 했던 것이다.

이제 늙어 머리가 고장 난 늙은 남편은 수시로 이렇게 외출을 할 것이고, 그럴 때마다 따라나서는 것만이 위험을 최소화하는 길이기에 나 자신, 이제 늙어버린 몸으로 이 황당한 부부 동반의 뒤늦은 외출을 피할 수 없을 것 같다.

잠자는 얼굴은 어린아이만 평화로운 것이 아니다. 머리만 고장 났을 뿐, 주름도 없고 피부는 맑고 검은 머리가 풍성한 90세 노인의 잠든 얼굴이 참으로 편안하고 아름답기까지 하다. 그 얼굴을 보는데 예기치 않게도 감사의 마음이 차오르는 것은 무슨 연유인가?

어찌 되었든 세 시간 넘게 거리에 있을 수 있는 노인의 건강이 감사하고, 언덕길을 걸어 집으로 왔다는 것이 감사하고, 끝까지 찾아야 한다고 고집 부리지 않고 순순히 집으로 돌아와 국수 한 그릇 맛있게 먹고 소화하는 것이 감사하고, 비를 맞아 나는 기침을 하는데 전혀 이상 없는 그 체력이 감사했다.

언젠가는 이 뒤늦은 동행이 끝날 날이 올 것이다. 그때가 올 때까지 이 동행을 즐기려고 마음먹는다.

한 평 반의 행복

기온이 섭씨 10도로 내려가면 해마다 침대 위에 전기장판을 깐다. 저온에 맞춰놓으면 아랫목같이 따뜻해서 좋다. 오늘은 초겨울 날씨 같다. 게다가 잔뜩 흐려 있다. 침대 밑에 보관하고 있던 전기장판을 꺼낸다. 옆에서 남편이 참견을 한다.

"여보, 올해는 전기장판 없이 지내봅시다. 저 남 선생 댁……."

무슨 말을 하려는지 알아차린다. 며칠 전 가깝게 지내는 지인 댁에 화재가 났다. 이불 속에 늘 찜질기를 넣고 자는데 이것이 폭발하면서 침대에 불이 붙었다. 다행히 다친 사람 없이 무사히 진화되었다. "겨울철 온열기는 위험합니다"라는 전화 속의 그분 말을 남편이 기억한 것이다.

전기장판이 없는 대신 솜이불을 꺼내 덮고 잠을 청한다. 환자인 노인에게 서늘할까 싶어 염려하는데 바닥에 마치 군불을 지피고 있는 듯 서서히 기분 좋은 온기가 올라온다. 이게 뭐지? 남편에게 묻는다.

"당신 자리도 따뜻해져요?"

"응. 당신이 혹시 뭐 넣었어?"

아닌데? 무슨 일일까? 25센티미터 두께의 라텍스 매트리스가 체온을 빼앗지 않고 몸을 따뜻하게 보존해주는 모양이다. 그동안 전기장판 때문에 몰랐던 것이다.

"와, 좋다. 이 침대 참 좋다. 나는 이 침대가 좋아. 너무 좋아."

새삼스럽게 남편이 이 말을 또 한다. 이 침대는 병원에서 퇴원하기로 작정한 날 아들이 마련해준 것이다. 매트리스 크기가 세로 230센티미터, 가로 210센티미터, 두께가 25센티미터이다. 나무로 된 프레임까지 합하면 어마어마하게(?) 크다고 할 수 있다. 아들의 지인이 해외 카탈로그만 보고 주문했는데 자기 집 방에는 들여놓을 수 없어 싼값에 아들이 인수하여 우리에게 준 것이다. 평수로 따지면 1.46평, 한 평 반이나 되는 크기의 침대다.

나는 22평 단독주택에서 신혼 생활을 시작했고, 그 집에서 아들 넷을 낳고 기르며 23년을 살았다. 아이가 셋이었던 결혼 10년 차부터 십여 년은 이 22평 집에서의 탈출기라고 해도 과언이 아니다. 한 푼이 생겨도 쓰지 않았고, 두 푼이 되면 저축을 했다. 집을 팔지 않고도 이사를 하려면 돈을 모아야 하기 때문이다.

그 집 종로구 충신동 43번지의 대지 72평, 건평 22평의 벽돌 이층집.

시어머님의 지참금으로 사신, 72평 땅에 초가(草家) 일곱 채가 있었다는 집. 거기서 나온 월세로 일곱 남매를 교육시키셨다는 집. 장남이 혼기에 차자 초가집을 헐고 지은 붉은 벽돌의 22평 양옥집. 건축이 전공인 아들이 직접 설계한 집. 걸어서 15분이면 시댁에 갈 수 있는, 부모님 가까이에 있는 집.

여섯 식구가 살기에 비좁다 해도 부모님도 남편도 이구동성으로 "이사는 불가" 하는 마당에 며느리가 감히 팔아버릴 수는 없지 않은가. 그런데 큰애가 대학교 4학년, 둘째가 1학년 때 나는 통 큰 일을 저지르고 만다. 그간에 저축한 돈과 충신동 집값만큼의 융자를 얻고 강남으로 떠나온 것이다. 가문의 유서(由緖)보다 아이들의 편리가 더 중요한, 자식을 기르는 어미였기 때문이다.

대문 열쇠를 남편에게 주며 내가 말했다.

"애들 데리고 가오니 부모님의 섭섭함이 가실 즈음에 남쪽으로 찾아오십시오."

남편은 언제 이사를 반대했던가 싶게 그날로 따라왔고 시어머님은 "네가 큰 굿할 여편네로다!! 충신동 집 팔아서 융자를 갚아라" 체념하듯 말씀하셨다.

새로 이사 온 집은 대지가 두 배, 건평은 네 배의 크기였고 방이 다섯 개였다. 큰아이가 곧 유학을 떠나서 세 아이들이 제 방을 갖고도 안방 말고 방 하나가 남았다. 나는 오랜 숙원인 내 방을 갖게 되었다.

이후 내가 만끽한 것은 자유와 해방이었고 남편이 감내해야 할 것은 외로움이었다. 원래 우리는 같은 방을 쓰기에는 무리인 부부였다. 나는 야행성이라 새벽 두세 시에 잠이 들었고, 남편은 불이 켜져 있으면 잠을 이루지 못하는 사람이었다. 나는 아이들이 공부하는 방 한 귀퉁이에서 책을 읽곤 했었다.

1984년에 이사를 왔으니 남편이 병을 얻은 2015년까지 30년을 남편은 비록 말은 하지 않았지만 쓸쓸해하면서 살았다. 생활은 안방에서 같이 하고 있으니 각방을 쓰는 것은 아니다. 그가 원한 것은 아내와 한방을 쓰는 것이 아니라 같은 침대를 쓰는 것이었다.

의사도 아이들도 반대하는 퇴원을 앞두고, 솔직히 불안하고 걱정이 되었다.

내 마음 편하자고 내가 환자를 데리고 나오는 게 옳은 건가? 환자를 낫게 할 책임과 의무는 전적으로 내가 져야 한다. 잠자는 시간까지 환자 곁에서 지내야 했다.

다행히 둘이 누워도 넉넉한 크기의 침대를 만나서 남편은 그토록 원했던 '아내와 같은 침대'를 원도 한도 없이 누리고 있는 것이다. 남편이 "나는 이 침대가 좋아, 너무 좋아"를 입에 달고 사는 것은 '침대'라는 물건이 아니라 아내와의 '동상(同床)'을 말하는 것이다. 이 한 평 반이 그의 행복의 원천이다.

요즈음은 하루 열다섯 시간 이상을 잔다. 자는 얼굴이 아기 같다. 여덟 시간 이상의 잠은 뇌세포를 죽이는 일이라지만 나는 그대로 곤히 자도록 방해하지 않는다. 언제 이 남자가 이렇게 편하게 잠든 적이 있었던가? 늘 쫓기듯 살았고, 유난한 열등감, 가장(家長)이 되어서는 책임감에 눌려서 언제나 힘에 겹던 날들. 마음 놓고 편히 자보지 못했다.

이제 아무것도 할 수 없는 병자의 몸이 되어서야 비로소 근심 없이 깊게 잠을 자는 노인. 이 가엾은 노인의 편안한 잠을 나는 감사한 마음으로 토닥여준다. 그리고 그가 눈을 떴을 때 세상에서 제일 행복한 아내의 얼굴을 마주 볼 수 있도록 내 안에 가득가득 행복을 채운다.

다정이 병이 되어

오늘 귀한 손님 두 분이 병문안을 오셨다. 남편의 대학교 동기 친구들이다.

"댁 근처에 있는데 잠깐 이 소장 얼굴 좀 볼 수 있을까요?"

전화를 먼저 받았다. 대면이 조심스러운 코로나 사회이고 더구나 지금 병상에 있는 사람이다. 물론 감사한 일이라고 대답했다.

남편은 1950년 6.25 전쟁이 일어나던 해에 입학했다. 40명 정원이었는데 졸업 동기는 10여 명에 지나지 않는다. 그만큼 격변의 시기에 대학을 다닌 것이다. 전쟁으로 사망한 사람도 있고, 미국으로 이민을 가거나 학업을 포기하고 일찍이 직업

전선으로 뛰어든 사람도 있다.

대학을 졸업한 지 70년 가까이 된다. 지금 생존해 계신 분들은 다섯 손가락 이내. 이 두 분하고는 몇 년 전까지만 해도 두 달에 한 번은 만났다. 내가 남편을 부축하고 갔다. 그때 모임에 나온 인원이 오늘 문병을 오신 두 분과 남편, 이렇게 세 사람이었다. 그러던 것이 남편이 대장암 수술 후 참석을 못 하게 되자 모임이 아주 없어졌다고 한다.

"둘이 만나서 뭘 하나?"

한 분의 건물이 신사동에 있다. 오늘 그곳에서 오랜만에 만났다가 '아무개 얼굴 한번 보고 가면 어떨까?' 하는 생각이 들어서 내게 전화로 문의를 한 것이다.

식사 시간이 지난 시점이라 간단한 다과로 손님을 맞이했다. 나도 여러 번 뵌 분들이라 서먹하지 않았다. 친구들이 오자 남편이 침상에서 내려와 거실로 나와 앉는다. 내가 미리 의관을 정제하고 꽃단장을 해주었다.

"아니, 아프다면서 새신랑 같은 얼굴이니 웬일이냐?"

"원래 저 친구는 동안이잖아?"

나는 남편을 틈틈이 보살피며 그간의 경위 등을 설명한다.

"자네가 부러우이. 이렇게 어부인의 살뜰한 돌봄을 받고 있으니 말일세."

그 말은 진심일 게다. 한 분은 10여 년 전에 상처하셨고 또 한 분은 배우자가 와병 중이시다. 얼굴 봤으니 되었다고 하면서 얼른 자리에서 일어나신다.

"애써라. 보고 가니 좋다. 건강하자, 우리……." 그러면서 나를 향해 90도 각도로 정중하게 절을 하는 것이 아닌가.

"고맙습니다. 오늘 감동받았어요. 말씀하시는 거나 대하시는 태도가 부인이 아니라 꼭 어머니 같으셔요. 어린아이를 기르는 다정한 어머니……. 저 친구, 참으로 복이 많네요. 진심으로 감동입니다."

남편이 부실한 다리로 이층 우리 집 계단을 내려가 대문에서 친구들을 배웅한다. 다시 올라오면서 힘에 벅찼는지 소파에 그대로 누워버린다. 나는 따뜻한 물을 숟가락으로 입에 떠 넣어주고 겉옷을 벗기고 침대에 눕힌다. 어찌 만감이 서리지 않겠는가? 그 마음이 내게로 와 닿는다.

한 분이 내게 했던 말, 아내가 아니라 엄마 같다는 말이 자꾸 뇌리에 스친다.

보는 사람에 따라 그럴 수도 있다는 생각이 든다. 남편이 '노인'이 아니라 '아이'가 되었으니까. 천진무구한 착한 어린이가 되어 있으니까…… 나는 다정한 엄마로 돌아갈 수밖에 없는 것이다.

다정한 엄마? 듣기에는 좋은 엄마 같아도 천하에 몹쓸 것이 다정한 엄마이다. 엄마란 기르는 것 못지않게 가르치는 존재인데 나는 오냐오냐, 그래그래, 괜찮아, 괜찮아로만 일관했던 어미였다. 달고 물렁한 씹기 편한 음식에 길들여 억세고 단단한 것의 깊은 맛을 모르게 한 우(遇)를 범한 모자라는 어미였다.

살아가면서 달고 물렁한 것보다 쓰고 굳은 음식을 더 많이 먹어야 하는 게 인생이지 않은가. 아이들이 학생일 때는 몰랐는데 성인이 되어 사회생활을 할 때 내가 아이들에게 얼마나 큰 잘못을 했는지 그제야 알았지만 엎질러진 물처럼 돌이킬 수 없었다.

이 '다정한 엄마'가 나의 한계이다. 일종의 병(病)이다. 나는 지금도 '어른 아이'인 노부에게 이 한계에서 벗어나지 못하고 옛날 아이들에게 했던 우(遇)를 반복하고 있다.

낫게 하려는 시도는 전혀 하지 않고 환자가 원하는 대로 따르고 있다. 잔소리하고 채근하고 닦달을 해서라도 걷게 하고 잠자지 못하게 해야 하는데 나는 그가 편하기만을 바란다. 비록 병상이지만 그가 행복하기를…….

아들 넷을 길렀으니 얼마나 힘들었겠냐는 말을 자주 듣는다. 거짓말같이 들릴 수도 있지만 나는 전혀 힘들지 않았다. 매일매일이 서부활극이라 남아나는 가재도구가 없었지만 그것은 활기의 폭죽이었고 삶의 충만이었다. 아이들이 만드는 동(動)의 정점에서 내 안의 세포들도 싱싱하고 기운찼다.

지금도 같은 종류의 질문을 많이 받는다. 돌봄을 받아야 할 나이인데 환자 수발이 얼마나 힘드냐고. 이 또한 같은 대답이겠는데 전혀 힘들지 않다.

자라나는 아이들이 만들어주는 동(動)이 활기이고, 충만이었다면 인생길을 마감하는 이가 만들어주는 정(靜)의 세계는 고요이고, 거울이다. 이것은 환자와 마찬가지로 인생길 끝자락에 있는 내게 탐진치(貪瞋癡)의 부끄러운 나를 비춰준다. 어쩌면 삶의 폭죽보다 귀한, 생에 대한 관조랄까? 한 발 물러선 이의 평화가 있다. 이런 생각이 들면 나는 우리 부부가 직면한 이 상황이 감사하다.

오래간만에 친구를 만난 흥분의 조짐이 노인에게 보인다.
나는 다정한 엄마가 되어 그를 토닥인다.
나의 중증 질환의 병명은 아마도 다정(多情)인가 보다.

구름 위로 나는 새는 비를 맞지 않는다

집을 나선다. 오후 1시 25분. 행선지는 압구정 CGV 2D 극장.

2시에 시작하는 한 가수의 〈그대 고맙소〉라는 기록영화를 예매해놓은 터였다.

지하철을 타면 한 정거장, 걸으면 20여 분 걸리는 거리다.

걷기로 한다. 늦가을 같은 초가을 날씨. 하늘은 시리도록 청명하고 바람도 싱그럽다.

영화 〈기생충〉을 관람한 이래 처음 가는 극장행이다. 코로나 때문이 아니다. 한시도 곁을 떠날 수 없는 병상의 노부(老夫) 때문이다. 그럼에도 무리를 해서 집을 나서는 것은 노래하는 그 가수를 보기 위해서다.

인연이란 사람 사이에서만 이루어지는 것이 아니다.

세상에 존재하는 삼라만상의 어느 하나가 어쩌다 내게 날아와 특별한 의미가 되는 것. 인연의 시작은 이렇게 된다. 그의 노래도 내게 그렇게 왔다.

6개월 전의 어느 날, 5년간 앓던 이의 병세에 이상한 조짐이 보였다. 아내만이 감지할 수 있는 미세한 변화였다. "이이가 떠나려는가?" 57년간 한결같이 못된 아내였던 회한이 가슴을 후려쳤다. 그때 들리던 어떤 남자의 노래 '천상재회.'

천상에서 다시 만난다면 젊은 그 좋은 시절을 사랑하지 못한 후회로 남기지 않으리라.

소리로는 내지 못하는 절규가 내 안에서 일어났다. 노환의 남편은 거짓말같이 회복되었고, 나는 그 가수가 부르는 다른 노래 하나를 또 듣게 된다.

고맙소!! 고맙소, 고맙소.

이 '고맙소'란 말이 또한 가슴에 가득해졌다. 이후 노래를 잘 부르지 못하는 아내는 노래를 잘 알아듣지 못하는 남편에게

이 두 노래를 수시로 불러주며 6개월을 살고 있는 것이다.

극장에 도착한 것은 1시 50분, 막 입장이 시작된 시점이었다. 모든 관객이 중년 이상의 여인들이다. 좌석은 절반이 비어 있다. 화면은 팬 미팅 때의 영상을 담은 것이라 새롭지 않다.

티슈로는 흐르는 눈물을 감당하지 못하니 수건을 준비하라는 먼저 본 이들의 글을 읽은지라 눈물이 그리 흔하지 않은 나도 걱정이 되었는데 내 눈물샘은 저 홀로 잠잠하다.

나의 감정이 메마른 것인가. 다른 이들 같은 순수를 이미 잃어버린 사람이 된 건가. 아니면 나는 노래에만 심취했을 뿐 아직 저 가수에게는 아닌 건가? 그런 건가!

광고를 뺀 한 시간 십여 분의 공연 시간 동안에 내가 접한 것은 서른 살 젊은 가수의 모습도, 그의 빼어난 천부의 목소리도, 귀에 익숙한 노래도 아니었다.

'관계'였고, 아름다워서 너무 아름다워서 황홀한 '정(情)'이었다. 참고 참으면서 가수가 흘리는 눈물이었고, 더 많이 흘리는 팬들의 눈물이었다.

'고맙소'로 시작해서 '살았소'로 마무리되는 인간관계의 서사시였다.

노래에서 흔들리지 않던 눈물샘이 비로소 천천히 조용히 젖기 시작한다.

걸으면서 돌아오는 귀갓길. 조금 세어진 바람은 모자를 날린다. 바람에 푸른 잎 하나가 떨어져 길 위에 뒹군다. 붉게 물들기 전의 조락은 일찍 꿈을 접은 젊은이 같아서 안쓰럽다.

상념 하나를 안고 나는 천천히 걷는다.

하늘이 분명 한 아이를 세상에 보내면서 '목소리'를 주셨다.

하늘은 사람을 세상에 보낼 때 크든 작든 한 가지씩 재주를 준다. 그것은 그를 살게 하는 방편이 되지만 남을 살리게 하라는 명령이기도 하다.

받은 재주로 남을 잘 살릴 때 자신은 더 잘 살게 되는 하늘의 이치.

하늘이 이 아이에게 특별한 재주 '목소리'를 주었을 때 '고난'을 같이 주셨다.

유년 시절, 소년 시절, 청년 시절, 아이는 거칠고 지난(至難)한 시절을 거쳐 처음으로 제 목소리와 조우한다. 그것은 시작일 뿐 험지는 계속된다. 그리고 서른 해가 지나 그 목소리는 비로소 하늘이 부여한 임무를 수행하기 시작한다. 피어날 즈음 지난날이 광풍이 되고 우박이 되어 그를 강타한다. 그는 만신창이가 된다. 자칫 나락으로 떨어질 위기이다.

나는 노래하는 젊은 사람에게 말한다. 온 마음으로 말을 한다.

"높은 곳으로 나십시오. 비를 내리는 구름 위로……. 구름 위에 있는 자는 비를, 우박을 맞지 않습니다."

이 말은 사실 내가 나에게 하고 있는지도 모른다. 때로 절망하고, 더러 비감하고 더 많이 힘이 드는 나에게 구름 위로 올라가 나를 지치게 하는 이 온갖 것이 닿지 않게 하자는 다짐인지도 모른다.

공자께서는 삼인행필유아사(三人行必有我師)라고 하셨는데 함께 걷는 세 사람 중에만 아니라 살아가는 도처에서 삶의 스승, 지침이 있음을 깨닫는다. 한 가수의 기록영화를 보며 가수에게 해주던 말에서 내가 가야 할 길이 보이는 것처럼…….

맞다, 구름 위로 가자. 희로애락이 뒤엉킨 땅이 아니라 저 높은 곳, 하늘을 바라보며 걷자. 나는 걸으면서 다짐한다.

어느새 발걸음이 집 앞이다.

행운목 꽃이 피다

행운목이 꽃을 피워냈다. 꽃대가 길게 나오고 꽃망울이 총총히 매달린 것은 보았는데 집 안에 향내가 가득하여, 거실로 나와 불을 켜고 보니 꽃이 만개하여 향기를 뿜어내고 있다. 행운목의 꽃은 밤이 되어야 핀다. 어두워서 핀 것이 보이지 않았는데 향기가 천지를 진동하여 그 냄새로 꽃이 핀 것을 알게 된다. 향이 어찌나 진한지 집 안 곳곳으로 번지고 복도까지 퍼져나간다.

30년 전일 것이다. 당시 내가 남편이 운영하는 사무실로 출근할 때였다. 어느 날 퇴근 무렵, 외근에서 돌아온 남편이 서둘러 직원 둘을 데리고 밖으로 나갔다. 무슨 일인가 하여 따라 내려가 보니 다 죽어가는 화분 하나를 주워다 놓고 있었다. 3층까지 들고 올라올 수 없으니 직원 둘을 내려오라고 한 것이다.

건물의 1층은 작은 화원이었는데 사장이 나와서 보고 행운목이라고 하며 "다 죽은 것을 왜 힘들게 끌고 오셨습니까? 열 살은 넘었겠네요. 못 살려요" 하는 것이다.

바싹 마른 누런 잎은 손이 닿으니 부서져 내린다. 장정 셋이 절절매며 3층 사무실까지 옮겨 왔다. 키가 꽤 큰 나무인데 양손으로 뽑으니 쑥 뽑혀 나왔다. 뿌리도 말라 있었다.

사무실은 햇볕이 잘 드는 볕바른 곳이었다. 화분을 창가에 놓고 때맞춰 물을 주었다. 그렇게만 했을 뿐인데 나무가 살아나는 기미가 보였다. 누런 잎을 뜯어내니 나머지 잎들이 제법 푸르게 자랐다.

사무실을 접을 때 집으로 가져왔다. 우리 집에 온 지도 20년이 넘는다. 그래서 나는 이 행운목의 나이를 40세라고 말하곤 한다.

우리 집 베란다는 발코니형의 난간으로 되어 있다. 햇볕이 밝게 비추고 바람을 잘 맞으니 화초들이 건강하게 자란다. 기온이 섭씨 10도로 내려가면 거실로 옮겨 온다.

우리 집 행운목의 가지는 둘이다. 윗가지는 2미터가 훌쩍 넘어 실내로 들어오면 천장에 닿으니까 제 스스로 꽃을 옆으로 뉘어서 꽃망울을 맺었다.

전에도 10년 간격으로 두 차례 꽃을 피웠다. 처음에는 바깥 베란다에서 꽃이 피었는데 그때는 몰랐다. 밤에만 피니 유리창을 닫아놓은 탓에 향기를 맡지 못해 꽃이 피어 있는 것을 알 수 없었다. 두 번째는 거실에서 만개하여 진한 향기를 뿜어냈다. 행운목의 향기가 그렇게 진하고 오묘한 것을 그때 처음 알았다.

이번이 세 번째인데 옥수수 잎사귀 사이로 옥수수 열매가 솟아오르듯 꽃대가 40센티미터나 길고, 잔잔한 꽃망울이 맺혀 있어 꽃이 필 것을 알았다. 안으로 들여놓으니 만개하여 향을 내뿜는다. 아침이면 지고 저녁이면 피어 향을 내보내는 꽃. 사람이 자고 있을 때 온 집 안을 향기로 가득 채우는 꽃.

행운목의 꽃말은 "약속을 실행한다"라고 전해져 온다. 워낙 꽃을 보기 힘들어서 꽃이 피지 않는 나무로 알려져 있기도 하고, 꽃을 피우면 행운이 찾아와서 행운목이라 불린다고 한다. 일생에 한 번 보기도 어려운 꽃이라는데, 다 죽어가던 나무가 30년을 살아내어 이 초라한 누거(陋居)를 천상의 향으로 가득

차게 하니 황홀하다 못해 감동이고 감격이다.

낮에 만개하여 향을 뿜어낸다면 얼마나 좋으랴. 가까운 이들을 초대하여 함께 향을 음미하며 축배라도 한잔 나누련만……. 아쉬운 마음에 사진을 찍어 여기저기 알렸다.

"행운이 오시려나 봅니다" "축하합니다" "너무너무 좋은 일이네요" 모두들 덕담을 해주었다. "버려진 나무가 '보살펴주는 손길에, 푸른 잎으로 꽃으로 향기로 보답하겠습니다' 하고 꽃말처럼 행운의 약속을 실행할 것입니다"라는 멋진 답을 보낸 분도 있다.

잠시 마음이 솔깃해진다. 분수없이 들뜨기도 한다. 그러다가 곧 머리를 흔든다.

인생 끝자락에 와 있는 우리 노부부에게 무엇이 행운이 되려나? 온 가족이 무탈하면 그것이 행운. 소소한 일상이 평안하면 그 이상의 축복이 어디 있으랴.

행운목의 꽃말이 '약속을 실행하다'라고 했던가. 내게 주어진 임무를 마지막까지 묵묵히 잘 시행하라고 행운목이 저 또한 늙은 몸으로 혼신을 다해 만개하여 내게 일러주는 것 같다.

좁은 화분 속에서 40년을 살아내어 활짝 꽃을 피우는 행운목. 그 모습에서 소임을 완수하는 거룩함을 본다. 그리고 무언지 모를 위로와 격려를 받는다. 숙연해진다.

지금 이 밤에 꽃향기를 맡으며…….